Paul Gisi

Zackenbarschiaden

Briefe an Ludwig, viertes Buch

Bibliographische Information der Deutschen Nationalbibliothek. Die Deutsche Nationalbibliothek verzeichnet
diese Publikation in der deutschen Nationalbibliographie,
detaillierte bibliographische Daten sind im Internet über
http://dnb.dnb.de abrufbar.

© 2022 Autor: Paul Gisi, op. 130
Umschlagbild Ludwig Weibel
Herstellung und Verlag:
BoD – Books on Demand, Norderstedt
ISBN 9783755773221

Paul Gisi

Zackenbarschiaden

Inhalt

Die ganze Welt
neu zu denken

Die Welt – der Horizont, die nächste Umgebung, die Nähe – kommt mir oft unwirklich, weit, weit entfernt vor.

Lieber Ludwig

6.11.19

Deine neuen genialen Bilder können durchaus mit kurzen Notaten bereichert werden, sofern diese Texte innovativ neu sind – glasklar, m o d e r n formuliert, ohne jede Belehrung. Es müssten TUPFER sein, geheimmisvoll, nichts Lehrhaftes. Ausschnitte des Konkreten, die ins Geist-Dynamische zielen. Ins noch nie Gehörte.

Salü

Paul

9.11.19

Vraiment, Deine Bilder sind weltgenial. So so schön! Dazu kann ich nichts sagen, mir verschlägt es den Atem. Einfach gut!

Heute schickte ich ein Prosastückelchen, "Vita des Bernhard C", "eXperimenta".

Guten Morgen, Du.

Herzlich grüsst Paul

3.11.19

Letzte Nacht um 24 Uhr schickte ich „eXperimenta" meinen Text "Vita des Bernhard C", heute um 11.30 kam bereits die Zusage von Herrn Stünzi, dass sie "diesen interessanten Text gern bringen wollen". Na sowas.

Salü,

Paul

9.11.19

Lieber Ludwig

Mein Text "Vita des Bernhard C" wird in der Januarnummer der „eXperimenta" erscheinen.

Deine neuen Bilder sind unfassbar schön, grosse Kunstwerke.

Morgen um ca. 16.30 Uhr kommst Du ja mit dem PC vorbei, sofern es bei Akris klappt. Doch es eilt nicht ... würde es nochmals verschoben, es machte nichts.

Ich wünsche Dir eine ganz gute Nacht.

Salü

Dein Paul

Lieber Ludwig

Heute hatte ich ein sehr langes Telefongespräch mit Fredy Stäheli, das war sehr gut.

Gedichte überschäumen mich, herrligg!

8

Liebeslustentflammt
der Ineinandersturz
ununterscheidbar meinindeinauflösend
DAS ICHIMDU

(Ins Facebook stellte ich auch zwei neue Gedichte.)

Das schöpferische Leben ist unvergleichbar, unersetzbar
existenziell beseligend.

Liebste Grüsse

Paul

                                                    11.12.19
Lieber Ludwig

Danke für die Bibliografie, die ich bereits aktualisiert
habe; ha, ich konnte sie ohne Marcels Hilfe auf den PC
befördern.

Im Briefwechsel Rolland/Zweig kommt immer mehr die
Zeitgeschichte, die Politik ins Gespräch. Das langweilt
mich. Rolland vermag zu überzeugen, Zweig ist
manchmal ein Schwätzer (und nahe an der Preziosität).

Wie findest Du diesen Briefwechsel?

Salü, Paul

                                                    23.12.19

L U S T zu denken, zu beten, zu weinen, zu lachen –
Nacktsein, alles!

P.

Jetzt lese ich "Biologie und Geist" von Adolf Portmann: sehr gut. Abends setzte ich mit glühender Begeisterung die Lektüre des historischen Liebesromans "Das Mädchen vom Meer" von Elizabeth Goudge weiter – bei klassischer Musik.

DAS LEBEN IST SO SCHÖN!

Ich wünsche Dir einen guten Sonntag.

Salü, Paul

29.12.19

Aphorismus: "Ohne Waldkauz auf der Schulter will ich den Himmel nicht betreten." pg

1.2.20

Spirituelles ist eine aufs Religiöse ausgerichtete Haltung, steht in Verbindung zum Jenseits. Früher nannte man das Frömmigkeit. Jetzt aber haben wir das 21. Jahrhundert. Gottheit, Allah, Tao, Jesus, Brahman, Seelenwanderung, so viele Worte. Was hat das mit Kunst zu tun?

Paul

4.2.2020

Kunst hat auch mit Liebeskunst zu tun, wiederum ein grosses Feld.

23.2.2020

Ich nahm so Anteil an Dir, hatte einen Nervenzusammenbruch, Du hast Albert geschrieben, das musisch-philosophische Gesalbader mit ihm bedeutet Dir offensichtlich mehr als meine Briefe. Mir hast Du keinen Mucks geschrieben. Ich bin entsetzt, ich weiss nicht mehr, ob Du das retten kannst.

Paul

Wolfgang Amadeus Mozart, Streichtrio KV 563

17.4.2020

Vollendung im Schweigewort
in der Leerheit aller Phänomene
IN DER FÜLLE DER LIEBE
im Augenblick der Supernoven

pg

17.4.2020

Der GEIST des Menschen ist etwas Herrliches – der Körper aber auch.

Deine Bücher sind herrlich, GEISTVOLL, aber immer so, als wäre der Körper nichts. Warum?

"Was die Liebe sich ersonnen" ist ganz Geist, es fehlt jede Erotik. Warum?

In Deinem vieltausendseitigen Werk bist Du ganz GEIST, klammerst jede Erotik schroff aus. Warum? P.

18.4.2020

Du versuchst, den Menschen auf eine höhere
Bewusstseinsstufe zu führen, doch ohne Erotik, ohne
Sexus geht das nicht, so denke ich. Der Mensch ist nicht
nur Geist.

P.

18.4.2020

Dein Denkkosmos ist uuh-toll, -gut. Absolut einmalig.

Ich bewundere Dich, auch wenn ich von Dir abweiche.
Doch das ist belanglos. Meinem Herzen bist Du nahe,
Bruder. Ich liebe Dich als Freund. Du bist LUDWIG.
Nah meinem Herzen.

Paul

20.4.2020

Wirf dich ins Licht
in die Lust der Sonne

Der Taumelwahn des Bewusstseins
im Ungetrennten
in den Farben und Formen
eines Mandala
in deiner Hand
Schöpfungstrunken
die Begegnung in der Nacht
M I T D I R

Lust und Geist
e i n s geworden
im Duwort der Schöpfung
im Eros

pg

15.5.2020

Lieber Ludwig

Der "Flötenvogel" ist von der Bergstrasse in die Weiherstrasse geflogen – Du, ich danke Dir sehr. Der Umschlag ist sehr schön, gefällt mir heftig!

Meine BoD-Reihe ist merveilleux, miraculeux, ravissant.

Herzlichen Dank für alles, alles.

Liebe Grüsse.

Dein Paul

17.7.2020

Lieber Ludwig

Du hast als erste Textseite (meine Worte) hingesetzt:

Ich male dich

Du, das ist ein Geniestreich von Dir, das ist absolut passend! So gut!

Salü, Paul

21.7.2020

Lieber Ludwig

Ich danke Dir voll herzlich für Deinen Brief, bei mir ist wiederum alles gut. Ich bin froh, dass Du meinen Brief seelisch-geistig souverän abgefedert hast. Danke. Paul

Konfus geworden
die Himmelsrichtungen
nicht mehr zählbar
in deinem Lachen

Mit dir
verstehe ich alle Sprachen
niste mich ins Schweigen ein
                    pg

22.8.2020

Lieber Ludwig

Ja, es ist op. 122.

Von den Coverbildvorlagen melde ich Dir bald, welches. Das richtige Bild ist darunter.

Maile mir doch alles, es hat bis jetzt layoutmässig immer geklappt.

Kann ich dann das Cover sehen? Der zweizeilige Titel muss in sich stimmen.

Also, noch nichts zur BoD. Ich habe noch nichts gesehen.

Ich melde mich des Bilds wegen bald.

Salü

Paul

23.8.2020

Engel suchen vergeblich
eine Osmose mit dem Menschen
der Schwammspinner
faltert umher
als hätte er das Universum erfunden

Guten Tag
die Coronaviren sind da
steh auf
solange du noch kannst

Du verlierst
was du findest
pg

15.11.2020

"Vielleicht will sich eine Eva aus deiner Rippe schälen"
(Anmerkung: über meine gebrochene Brustrippe), ich
erschrecke vor Deinem Zynismus, kein Wort des
Mitgefühls, in diesem Punkt bist Du grausam, ohne jede
freundschaftliche Anteilnahme, absolut kalt. Ich bin
zutiefst entsetzt.

Was ist los mit Dir, Ludwig? Hast Du keinen Bezug mehr
zur Menschlichkeit in Deiner Seinsüberlegenheit? Wirst
Du kalt wie die Götter? Warum verletzt Du mich?

Leben pulsiert, NICHT in Gedanken, sondern im Atem
der konkreten Liebe.

Ich musste nach meinem Sturz lange leiden, und Du machst Dich lustig mit einer dummen Bemerkung über "Eva". Ich finde das nicht geistreich, sondern zwischenmenschlich arg deplatziert.

Ich bin aufgewühlt.

20.11.2020

Man muss nicht
Homer heissen
um wie die Götter
in ein Gelächter
zu fallen
mir genügt es
die Gegenwart zu betrachten
und zu lachen zu lachen
hemmungslos zu lachen
pg

30.11.2020

Lieber Ludwig

Danke für Deine Bemühungen wegen Marcel.
Dir alles Gute,

Paul

E. T. A. Hoffmann, Miserere b-moll für Soli, Chor und Orchester

5.12.2020

Lieber Ludwig

Heute sind drei Exemplare des "Krauskopfpelikans" von Dir aus Gossau in meine Zackenbarschhöhle am See gekommen, ich danke Dir für dieses Geschenk.

Die heutige Sonne und Dein Geschenk hellen mein Gemüt, das in den letzten Tag arg verdunkelt war, wieder auf.

Alles Gute und sehr dankend

Paul

6.12.2020

Nun sind sie aufgewacht
die Sterne
als mein Auge
in deines stürzte
und wie singt die Nacht
auf deinen Lippen!

28.12.2020

In einem Bild schreibst Du: "Ist es dir zuinnerst wohl, kann es wohl auch aussen nimmer fehlen." Nein, Du, sprachlich absolut unmöglich, zweimal "wohl" in dieser Nähe einzusetzen.

Du bist sprachlich zu wenig distanziert zu Dir. Unkontrolliert. Das ist eine grosse Gefahr für Dich. Du lässt Dich hinreissen. Deine Bilder sind genial, Deine eingebauten Texte fallen ins Niedliche ab.

"Strömt die Sonne hübsch herein", Dein "hübsch" ist ein arger Schnitzer, merkst Du das nicht? Das beunruhigt mich. "Hübsch" ist ein spiessiger Begriff.

Bildgestalterisch bist Du absolut gut, verbal entgleist Du manchmal in Deinem Eifer. Marzipanst Du etwas.

Salü

31.01.21

O Ludwig mir fehlt Marcel sehr er leidet da schreie ich zum Himmel in die Nacht ins Nichts ins Leben kommt er wieder? was soll ich machen ohne ihn ich weine weine ich liebe ihn und er wird jetzt mit Tabletten zugedröhnt es ist entsetzlich

P

1.2.21

Ich muss ans Dunkelste denken.

Gnade mir Gott.

P.

6.2.21

Marcels Schicksal hat tiefe Spuren im meiner "Tonleiter des Horizonts" hinterlassen.

Das letzte Gedicht dieser Sammlung:

Der Brand des Universums
auf den Lippen
der Kuckucksblume
in deinem Atem
ergreift alle Welten
die Herzkammern
verbrennt das Wort
DAS DUNKLE SCHWEIGEN

DENNOCH ZU LEBEN
  ZU LEBEN
MIT DIR

Funkensprung I

Eigentlich sind Wörter töricht, doch ich liebe diese Narreteien.

Herrlich ists, die ganze Welt neu zu denken, als wäre alles zum erstenmal.

Bekanntes ist Schrott.

Mystik des Lichts – was für eine List der Finsternis!

«Wenn ich den Theron erblicke, dann sehe ich alles; erblicke ich alles, nicht aber ihn, seh ich ins Leere hinein.» Meleagros

Der Mensch ist ein planetarisches Fiasko.

Der Kulminationspunkt der Evolution ist längst vorbei, jetzt geht alles der Vernichtung, dem Zerfall zu.

Nichtigkeit der Erfüllung.

Auch in der Einsamkeit sind wir ineinandervertaumelt.

Der Maskenkernbeisser schreibt keine Notationen; Überflüssiges überlässt er den Menschen.

Ich möchte nicht alles geschrieben haben, was ich geschrieben habe.

Ob ein Künstler reist oder nicht reist, ist belanglos, es kommt auf die Illumination des Augenblicks an, dort oder hier.

Philosophen sind nur in ihrer Nutzlosigkeit zu gebrauchen.

Die ganze Erde ist ein einziger *Archipel Gulag.*

Was gibt es Lächerlicheres als eine Uniform?

Gewiss kann ich kein Optimist mehr sein, doch ein Pessimist bin ich zutiefst auch nicht − ich versuche *biophil* zu sein und zu bleiben bis zu meinem letzten Atemzug.

Die Beschäftigten tun am wenigsten.

Was ist der Unterschied zwischen Verlegern und Kehrichtmännern? Ich weiss es nicht mehr.

Die Realität wird nur mit der Ingredienz FANTASIE zu Kunst.

Ein Gedicht kann die Welt
aus den Angeln heben

20.2.21

Lieber Ludwig

Seit gut fünf Tagen kam kein Mail mehr von Dir –

Für mich war diese Zeit eine Unermesslichkeit.

Und jetzt diese herrliche Sonne, wunderschön, neues Leben schaffend.

Alles Liebe.

Paul

19.5.21

Wenn ich aus dem Fenster schaue oder durch durch die Stadt gehe, sehe ich nur Geistesgestörte.

Überzeugungen sind bloss Schrullen.

Weisheit ist fader Brotaufstrich.

Ausserhalb der Ekstase herrschen nur Trugbilder.

Wer glaubt, ist ein Stümper und taugt nichts fürs Abenteuer des Denkens.

Nur der Seinstaumel ist lebenswert.

Ich mag das Gefühl des Erfülltseins nicht, viel lieber ist mir das Gefühl der rumorenden, suchenden, freiheitsvergrössernden Leere.

Vernunft ist nichts als Sterilität.

Letztlich bin ich nicht skeptisch, misstrauisch, sondern existenziell staunend.

Manchmal gefällt mir das Toben besser als das Loben.

Wenn die Menschlichkeit versagt, setzt sich ein System durch.

Ich bin von so viel bedrängenden Unsinnigkeiten umgeben, dass ich nur noch den Kopf schütteln kann.

Das dominierende Element meines Alterns ist das Staunen und die Freude auf den nächsten Tag.

Politische, religiöse und philosophische Systeme öden mich an – doch ich bin sehr neugierig auf die Meinungen eines Drogensüchtigen.

pg

19.5.21

Klaglos kommst du nicht davon, doch umso kläglicher, je mehr du dazu neigst, dich selber zu beklagen. LW

Das ist in nuce ein typischer, guter Weibelscher Aphorismus, wortverspielt, sanft belehrend hinter die Schleier des Gewohnten blickend, verblüffend Selbstverständlichkeiten verschiebend, das gefällt mir.

Paul

Meine Lyrik siehst Du als *Vorstufe* der Geistigkeit, wie verkennst Du alles von mir.

P.

24.5.21

Du nimmst einen Menschen, der etwas Kritisches zu Dir sagt, nicht ernst, das ist Deine grosse Schwäche. Du willst schrankenlos bewundert sein. So ist das Leben nicht.

Es ist ein Zittern
in der Welt
wenn der fremde Vogel
schweigt
pg

Guiseppe Verdi, Oberto

16.8.21

Lieber Ludwig

Marcels Natel ist bei mir angekommen, merci. Wie`s konkret weitergeht, ich weiss es nicht. Inzwischen hat Marcel herausbekommen, dass schon allein das Display in St. Gallen auf 200 Franken kommt (es ist ein Spezielles). Und dann kommt noch die Arbeit.

Soeben hat Marcel seinen Fernseher, den er bei mir hatte, in seine Wohnung hinauf gezügelt – es explodierte heute zwischen uns. Zutiefst bin ich froh, dass nun dieser Lärm, dieser Spuk, diese Verdummungsglotze und Gewaltzelebrierungskiste nicht mehr in meiner Wohnung steht.

Es ist jammertraurig, dass es so weit gekommen ist. Meine jahrzehntelange Liebesfreundschaft zu Marcel ist gescheitert. Das tut weh – doch ich kann mich selbst analytisch gut einschätzen: ich sehe, dass ich zutiefst gar nicht zu sehr leide, sondern existenziell erleichtert bin ...

Gewiss ist, die nächsten Tage werden menschlich «spannend».

Mindestens Vierfünftel aller Menschen auf diesem Planeten sind Wahnsinnige, Bösartige, Egomane. Keine Pflanze, kein Tier ist derart verwerflich wie die kranke Spezies Mensch, der Abschaum der Schöpfung.

DIESE Denkdimension müsste in einer Philosophie einbezogen werden. Doch es gibt diese nicht, man tut so, als wäre alles mehr oder weniger bestens. Und jeder Philosoph hat ja nur im Sinn, sich eitel toll darzustellen – auch wenn er Schmarren sagt.

Im Kosmos interessiert sich NIEMAND für diesen Planeten, der mit einem so widerlichen Gezücht *Menschen* überzogen ist. Vielleicht weinen irgendwo «Engel» über diese Fehlschöpfung.

In der Kunst finde ich«Rettung» – und immer wieder mit meinem Freund Marco. Sein Herz ist ein JUWEL. Ich liebe ihn sehr.

Ich schickte der «orte»-Zeitschrift vor Wochen einige Gedichte, nun kamen von der Chefredaktorin zwei Mails, sie werden meine Zuschrift in der nächsten Redaktionssitzung besprechen; ihre Briefanrede zweimal: «Sehr geehrter Herr Paul». Pff, wie verhaltensplemplem muss diese Dame sein!

Alle zwischenmenschlichen Formen gingen bachab.

Ich freue mich auf Dein neues Buch, mein Kosmos wird sich in vielen Belangen mit Deinem Kosmos treffen.

Lieber Ludwig, ich wünsche Dir eine gute Nacht.

Ganz herzlich grüsst

Dein Paul

29.8.21

Lieber Ludwig

Soeben tat ich die korrigierten Blätter ins Rück-antwortkuvert, am Dienstag wirst Du es haben.

Die monumentale «Weltgeschichte» stellte ich ins Bücherregal zurück; es ging meistens bloss um Additionen von Kriegen, das zu lesen ist für mich Lebenszeitverschwendung.

Ein Gedicht kann die Welt aus den Angeln heben, Kriege können das niemals.

Heute schrieb ich einige Gedichte, mal schauen, was überlebt (ich habe ein gutes Gefühl).

Jetzt höre ich Hektor Berlioz «La damnation de Faust».

Ein Briefbuch mit meinen Briefen an Dich wäre bereits das vierte (nicht das dritte, wie Du irrtümlicherweise schriebst). Seit Juni 2019, wo der dritte Briefband

27

aufhört, sind derart viele Briefe zusammengekommen, dass ich glaube, ein einziger Band fasste sie nicht. Zudem meine ich vergnügt, inhaltlich wäre Bestes in meiner Art zu finden. Es wäre für mich eine Riesenfreude, das zu korrigieren, buchfertig zu machen. (Ich würde nur sanft kürzend eingreifen.)

Lustig, beim neuen Gedichtband ändere ich jeden zweiten, dritten Tag den Titel. Es eilt nicht, ich habe noch viel Zeit. Es sind jetzt ca. 50 Gedichte da, ich möchte etwa 150. Und dann auch wieder fortlaufend auf den Seiten wie in «Der Rote Riese und der Weisse Zwerg». Den «Luxus» ein oder zwei Gedichte pro Seite mag ich neuerdings nicht mehr so, ich finde es «flüssiger» und einheitlicher vier, fünf Gedichte pro Seite, auch über die Seiten hinauslaufend. Man kann ja lesen. Und Initialbuchstaben zu Beginn eines Gedichts sind doch so wunderschön (unterteilen ein Gedicht vom andern genügend).

Zurzeit heisst der Titel *«Mit dir in letzte Entfernungen»*.

Mir steht noch viel Arbeit bevor, gottseidank. Ich schüttle die Gedichte nicht aus dem Ärmel, es braucht die richtige Zeit, die gedankliche Anspannung, ein Sprachlustgefühl, Inspiration. Und den EINFALL; ob mir etwas einfällt oder nicht, ist nicht kommandierbar.

Deine Textausdrucke sind für mich sehr gut, habe ich bei Bedarf doch genügend Platz, einen Kommentar hinzuschreiben. Dass nicht alle Kommentare von mir für Dich gültig sind, verstehe und respektiere ich. Es ist Dein Buch. Und ich bin sehr zurückhaltend. Ich notierte ein paar negative Bemerkungen (Du wirst sehen), da kommt die positive Bemerkung, die es viele gäbe, leider notgedrungen zu kurz. Du verstehst schon.

Alles in allem hast Du Dich nochmals steigern können. Denke einfach daran, ein «bester Worteinfall» ist nicht immer der beste im Zusammenhang. «Entgleisungen» gibt es bloss zwei, drei, doch ich weiss, das ist Ermessenssache, persönliche Ansicht. Im Zweifelsfall halte nur ruhig weiter auf Dich. Schwieriges, das man annehmen kann oder nicht, machen auch das einmalig Charakteristische Deines Textkorpus aus.

Vielleicht hast Du ganz vereinzelt zu wenig kritische Distanz zu Deinen Diktaten. Sprachliche Bilder und inhaltliche «Stolpersteine» sind Deine ureigene Ein- und Ausprägungen, Deine Eingebranntheiten, Deine Wesensart – und also gut und richtig.

Dein neues Buch wird eine gewaltige *Summa* in Deiner Bemühung, den Menschen zu höherer Erkenntnis zu führen. Da lässt Du Deinen ganzen Wissensstoff einfliessen, absolut einmalig und imposant.

(Nur dort, wo Du zu autoritär auftrittst, kräuseln sich meine Gedanken. Doch alles in allem bist Du sehr gütig und tief menschenverstehend.)

Deine Sprachvariationen sind verhundertfach, eine Freude zu lesen. Inhaltlich bin und will ich keine «Instanz» sein, das masse ich mir nicht zu, beileibe nicht. Ich will einfach «korrektorlich» für die Sprachrichtigkeit (und Syntax) helfend sein. Darauf werfe ich mein Auge. Deine Sätze (Satzgefüge) sind vielfach sehr, sehr erstaunlich, da hast Du den richtigen Atem.

SCHÖPFERISCH zu sein ist einfach etwas vom Schönsten. Du gestaltest jene Welten, die Dir eingegeben werden; Deine Texte sind aber auch Dein Verdienst, nicht nur dasjenige des Seinsgeistes. (Von dieser Ansicht lasse ich mich nicht abbringen.)

Seit Jahren beschäftige ich mich mit Ludwig Weibel, das ist eine grossartige Bereicherung. Du weisst, ich stimme vielem zu, nehme mir aber auch die Freiheit, punktuell anders zu denken, anders zu interpretieren, anders zu gewichten, Zusammenhänge zu lösen oder zu verbinden. Das darf Dir kein Problem sein, Ludwig. Ich habe meinen eignen Weg als Lyriker. Das Spirituelle ist eine ganz wichtige Sache, das Sinnliche gleichzeitig, gleichwertig auch.

Gaetano Donizetti, Lucrezia Borgia

Viele Wege führen nach Rom, aber nicht alle. Es lebe der Pluralismus, die Vielheit, die gleichberechtigt nebeneinander bestehende Vielfarbigkeit und Vielformigkeit. Die Wirklichkeit (was das auch sei) setzt sich zusammen aus unendlich vielen selbstständigen Welt«prinzipien», und ob und wo da das gemeinsame Grundprinzip zugrundeliegt, aufzufinden sei im Mehrfachen, Vielfachen, Vielgestaltigen des Lebensverwirklichten, lasse ich als (lyrischer) «Sänger» offen. Da habe ich auch eine andere Aufgabe als Du. Ist doch beides gut! Das Pädagogisch-Menschheitserzieherische, das Hinführende zum Glauben ist nicht so ganz meine Sache; ich liebe es zu singen vom Waldkauz, von der Flussseeschwalbe, vom Rotfeuerfisch, vom Flutenden Hahnenfuss, von der Liebe, von der Lust, von der Ekstase, von den Sternbildern, von den Kantilenen, das Sein ist für den Menschen nicht abstrakt, sondern sehr konkret.

Das Biophile, Lebenszugewandte ist meine Kunst. (Das Gedankliche ist für mich weniger wichtig.) Der Gedanke ist eine Variable, der Kuss ist es nicht. Die Hand, die Sicherheit gibt, das zählt in der Nacht.

Funkensprung II

«Was kümmert die Ewigkeit der Höllenstrafen den, der eine Sekunde lang die Unendlichkeit der Lust erfahren hat?» Charles Baudelaire

Dass dies möglich ist: da leben die Menschen ein paar Jahrzehnte und haben nicht gelebt!

Auch Katastrophen haben ihre Erfolgsgeschichte.

Spinnen und Dämonen haben bei mir Gastrecht.

Nur Täuschungen und Träume hinterlassen ein Gefühl der Wirklichkeit.

Ich geniesse die Zeiten, in denen ich nicht sehr ähnlich mit mir selbst bin.

Die Lust ist beständiger als die Liebe.

Die Dummheit der gescheiten Eingebildeten ist grenzenlos.

Sich von *allem* zu lösen, schafft eine ungeahnte Freiheit und grosse Weite, führt aber auch in den Wahnsinn.

Die Veränderungen enthüllen immer nur das Gleiche.

Niemals wird der Anfang enden.

Einmalig ist nichts und alles.

Jede Lehre ist Betrug.

In welcher Scheinwelt leben die Menschen, die die Natur – fressen und gefressen werden – idyllisch schön finden!

Schritt um Schritt auf den entweichenden Horizont zu, mich vergnügt das.

Ein grosser Teil der Literatur ist mir zu brav, zu verlogen, zu dümmlich, zu wenig geschlechtlich. Da haue ich lustvoll in eine andere Kerbe – gegen alle Dodels!

Ich hatte mein ganzes Leben kein Zeitgefühl, ich lebte immer in den Konvulsionen der Leidenschaft, in den überraschenden Buntscheckigkeiten der lustvollen Unerwartetheiten.

Die Zoologie Gottes!

Nur in der Nichtigkeit findet sich Vollendung.

Zeitdiagnose: Reich und unglücklich, arm und noch unglücklicher.

Ich widerspreche mir gerne. Wer diesen Schlüssel gefunden hat, sieht, wie einfach ich bin.

Hymnus der Ruinen.

Wenn ich Fische sehe, glaube ich an Gott, wenn ich Menschen sehe, verliere ich den Glauben an Gott.

Nur Kunst und Lust zählen!

Tatzelwurmgedanken.

Mir sind die so genannt «Randständigen» tausendmal lieber als das renommierte Pack.

Johann Sebastian Bach, Suiten für Violoncelo solo

Ich halte mich an
Wüstenspringmausträume

Robert Schumann, Märchenbilder
für Klavier und Viola, op. 113

Man muss in grossen Zusammenhängen denken, auch wenn es diese Zusammenhänge gar nicht gibt.

Der Weg NACH INNEN, den gehe ich, das mag ich, den suche ich. Der Anstoss *von aussen* kann gut und wichtig sein, doch es zählt für mich (fast) nur, was von meinem eignen Innern kommt. Oder von einem geliebten, mich liebenden Menschen. (Die ganze Philosophie ist ein eitles Gezwackel, für mich bedeutungslos.)

Ich liebe das Leben frenetisch, wahnsinnig, stürmisch, leidenschaftlich halt immer noch – in einer Freiheit, die unfassbar ist. Die mich trägt.

Ich freue mich riesig auf Deine neuen Textzusendungen, die ich wiederum einfühlsam, ich meine, mit meinem besten Können korrigieren will. Das wird ein fabelhaftes Buch von Dir, und endlich wieder mal sprachlich korrekt. Und das ist zweifelsfrei auch wichtig.

Ich bin sehr gespannt auf Deinen Titel, womöglich ergibt sich das in den letzten Minuten. Auch gut.

Lieber Ludwig, ich habe grösstes Vertrauen in Dein Genie.

Ganz herzlich grüsst Dein

Paul

2.9.21

Lieber Ludwig

Du weisst es, ich liebe das Leben sehr. Doch manchmal (wie heute Nacht) streift mich eine Depression mit Lebensangst. Ich lernte damit umzugehen, doch würgend bleibt sie halt doch.

Da hilft nur noch eine Messe von Mozart.

Hoffentlich scheint morgen die Sonne wieder, ich brauche sie lebensnotwendig.

Liebe Grüsse

Paul

4.9.2021

Lieber Ludwig

Von Deiner neuen Textzusendung habe ich bereits ein paar Seiten korrigiert. Es freut mich riesig, dies tun zu dürfen, ich danke Dir.

Bei meinen Kürzungsvorschlägen (viele sind es beileibe nicht) – ich begründete sie – wirst selbstverständlich allein Du entscheiden. Meine Ideen sind nicht aus der Luft gegriffen, sondern haben ihre Berechtigung, doch Du bist der Autor – mit Deinem Seinsgeistdiktierenden – und kannst sie annehmen oder ablehnen. Du entscheidest für Dich schon richtig.

Es gibt Textstellen, die sind schlicht genial! Beeindrucken mich sehr (auch das bemerkte ich auf dem Print vereinzelt).

Da kommt mir ein hochkarätiger Weibel entgegen, das ist eine Leselust sondergleichen. Deine virtuosen Sätze ruhen im weit ausgreifenden Rhythmus geheimnisvoll in sich selber. Nur manchmal sind sie inhaltlich in Gefahr zu entgleisen (bei leicht wackligen Bildern). Das jedoch fällt nicht ins Gewicht. Du nimmst immer wieder erstaunlich volle Fahrt auf im Variationenreichtum der Sprache, die identisch mit dem Inhalt wird. EINMALIG!

Heute ergab es sich nicht, dass ich bei Marco war.

Ha! Hoffentlich spinne ich nicht, ich gab meinem Lyrikband, an dem ich arbeite, den Titel:

«Sich finden
verschwinden»

Staune jetzt nur, Du, das ist halt Zackenbarsch-Deutsch, hurra!

Höchstwahrscheinlich kommt noch Prosa dazu, unter dem Titel *«Wie ein Saxofon auf dem Olymp»*, vereinigt absatzlos meine PORTRÄTS. Und noch anderes geht mir durch den Kopf, ich muss das noch ausköcheln lassen. Da braut sich wiederum ein echter Gisi zusammen.

Eine gute Nacht wünsche ich Dir herzlich.

Dein Paul

Moralische Bedenken übergehe ich (sie sind meine Sache nicht). Du formst Dich aus mit Deinen Diktaten, das ist absolut wunderbar. Ich halte mich an Gedankenrenkendes, Schleuderakrobatischem, mit Lianen-aufkletterndem, Vanilleduftendem, Felsterrassen, Zupf-instrumentalem, Wüstenspringmausträumen, Lust-betörendem, da gibt es nichts zu verstehen, es sind Protuberanzen, einfach *mein* Leben als Lyriker. Das Gesellschaftlich-Relevante ist mir in meinem Schreiben seit über fünfzig Jahren völlig egal, bleibt auch absolut egal. (Da sehe ich keinen Grund, mich zu ändern, ha.) Und auf «Vernunft» hielt ich noch niemals etwas, ist doch ein Pfupf.

Das Absichtslos-Existenzielle ist, was zählt.

«Sich finden verschwinden» wurde mir in den letzten Nächten fast so etwas wie ein Programm, ein Slogan, einprägsam, wirkungsvoll für das, was für mich *ist*. Ein Epizentrum meiner Seele, meiner künstlerischen Annäherungen, Gedanken, Fluchtgeschwindigkeit, hin auf mich selbst.

Toll das.

Paul

5.9.2021

Lieber Ludwig

Ich habe heute bei Dir korrigiert: weitgehend allerbestens (gewiss viel besser als «früher»), doch ein Korrektor ist dennoch nötig.

Ich habe jetzt noch neunzehn Seiten zu korrigieren. Geht das bis Dienstag oder Mittwoch? Muss ich mich beeilen? Wäre für mich problemfrei möglich.

Ich arbeitete auch viel an meinem eignen neuen Buch. Den Titel «Sich finden verschwinden» finde ich schon nicht mehr so gut, da muss eine poetische neue Chiffre her. Ich werde das schon noch hervorzaubern.

Das neue Buch hat also Gedichte, Prosa und «Sätze», wie ich meine Aphorismen, Zornnotate, Notizen mein ganzes Leben lang nannte.

Es kommt alles aus meinem tiefsten Innern heraus, dadurch ist die Einheit in der Vielfalt gewahrt. Ich werde wohl im Oktober oder November fertig, und dann machst Du es mir für Anfang 2022? Für mich ist das ein fantastischer Lichtblick.

Hoffentlich beschert uns der September noch manche heisse Spätsommertage.

Ich wünsche Dir einen schönen Abend.

Herzlich grüsst

Paul

Vincenzo Bellini, I Puritani

6.9.2021

Lieber Ludwig

Wenn intellektuell die Fetzen fliegen, so ist das für mich ein Genuss; im Lebenskonkreten hätte ich gern Harmonie und Frieden.

Du siehst das so gut, ich werde immer wieder in ein Schlamassel getrieben, in dem ich mich neu erfinden muss. Uff!

Ich bin so froh, Marco auf meiner Seite zu wissen. Er ist ein Schatz.

Morgen schicke ich Dir die Korrekturen. Fein, dass Du wiederum ein Antwortkuvert präpariert hast. Danke. (Wie viele Kapitel wird Dein Buch haben? Ich glaube, Du sagtest mir das, doch ich weiss es nicht mehr.)

Ich stehe einfach gern Dir als Freund und Korrektor zur Verfügung.

«Die blaugehöhlte Stimme im Wind» gefällt mir als Titel ausserordentlich. Zuerst meint man, alles sei klar und so schön, dann: bittescheen, wie? «Blaugehöhlt»: «Kannitverstan» nach Johann Peter Hebel. Ist das nicht Lyrik? Im Ganzen sehr klar, im Detail darfs auch etwas unklar sein, ha!

Das GEHEIMNIS muss immer **diaphan** sein, frei fürs Durchscheinende der Seele, fürs grössere Ganze hinter dem Bild – und poetische «Klarheit» darf un petit peu diffizil, diffus sein.

Wie Deine Gedanken in Deinem neuen Buch unaufhörlich sprudelnd hervorquellen, das macht mich baff vor Erstaunen. Du schöpfst wirklich aus dem unendlichen Sein, es gibt nur ganz wenige Schnitzer, wenn Du «besonders draufhauen» möchtest. Das kann dann ein Zuviel werden. Dein riesengrosser Wortschatz ist imponierend, und Dein Satzvariationenreichtum verblüfft mich, das ist einmalig.

So nebenbei gesagt: pro einer Seite Korrekturlesen benötige ich fünf Minuten. Wieviel das insgesamt ausmacht, ich weiss es nicht. Ein zusätzlicher Korrekturzustupf in Raten wäre für mich helfend, doch nochmals: das ist ganz Deinem Ermessen, Deinem Dafürhalten überlassen.

Mein Freund Daniel schrieb mir aus Maratea (Süditalien), wo er in den Ferien ist, einen ganz lieben, schönen Brief. Als wäre ich am Untergehen, bekomme ich – selbst von Albert – menschlich sehr überraschende Briefe.

Daniel freut sich sehr, mich bald wieder in die Pizzeria Gemelli in meinem Quartier einladen zu dürfen. Das waren immer herrliche Abende. Die Coronapandemie hat diese Treffen nun anderthalb Jahre verhindert. Doch bald kommt Daniel wieder zu mir nach Rorschach (er wohnt in Binningen). Ich freue mich riesig.

Ich bin glücklich, «Dich» «sprachbekorrigierend» begleiten zu dürfen.

Ganz herzlich grüsst

Dein Paul

8.9.21

Hostia sancta
von Mozart

Den Lotus pflücken
das All als Mandala betrachten
mit dem Quastenflosser philosophieren
im Orionnebel singen

Leerheit zu visualisieren

trinke trinke rauschhaft
LEBEN

Wahrheiten
sind Gaukelspiele

So erfinde ich mich immer wieder neu.

Liebe Lyrikergrüsse

Paul

9.9.21

Lieber Ludwig

Ich war gestern Abend bis tief in die Nacht hinein bei Marco ...

Ich habe Deine Texte bis jetzt durchkorrigiert, schickte sie gestern Donnerstag ab, wirst sie also heute Freitag haben.

Es gibt grossartige Stellen, die mich berührten. Vieles, vieles gibt es, was ich ausserordentlich bei Dir finde.

Als Korrektor wäre ich ja nur engagiert fürs Sprachbasiswissen. Doch ich bin Dein Freund, Ludwig, ich nehme immer wieder punktuell Stellung zum Inhalt. Du verstehst das schon. Und als Lektor ist es ja auch gut, wenn man sich da und dort, vereinzelt zum Inhalt äussert. Der letzte Entscheid liegt inhaltlich absolut unangetastet bei Dir.

Du hast mir geschrieben, wieviel Du wann mir zustupfst, das gibt mir Planungssicherheit, Geldeinteilungsgewissheit, dafür bin ich Dir von ganzem Herzen tief dankbar.

Ich arbeite immer noch stark an meinem neuen Buch, es gibt so viel zu feilen – und zu kürzen! Vermutlich habe ich jetzt den Titel, ich komme auf den ersten zurück ... Doch ich verrate ihn jetzt nicht, bis sich`s definitiv verfestigt hat.

Herzlich grüsst Dein Paul

14.9.21

Lieber Ludwig

Heute schenkte ich Isabella (ich kenne ihren Geschlechtsnamen nicht) mein Lyrikbändchen «Der Rote Riese und der Weisse Zwerg», sie hatte eine grosse Freude.

Was wird Isabella auf meine Gedichte sagen?

Mein Gedichtband bekam ein paar wenige neue Gedichte. Ich komme der «Lust der Schwerelosigkeit» näher und näher. Ich wünsche Dir, Ludwig, eine gute Nacht. Herzlich grüsst Dein Paul

15.9.21

Lieber Ludwig

«Schneeig» gibt es im Duden nicht, dennoch darfst und sollst Du daran festhalten, finde ich das ein gutes, treffendes Wort. In Deinem neuen Buch gibt es vereinzelt

Wörter, die nicht im Duden stehen, doch ich korrigierte das nicht – herunterschraubend auf ein gestyltes Allerleideutsch; zuweilen kann eine persönliche Worterfindung, bewusst oder nicht bewusst, einfach allein das richtige Wort sein, da respektiere ich den Autor. Das gehört zu den individuellen Konturen, die überzeugen und zum Unnachahmlichen der Person gehören.

Dein neues Buch ist gewaltig, wie es strömt und strömt! Geistig impetuoso, menschlich sehr einfühlend. Im Grunde genommen sehr leidenschaftlich «im seinserzieherischen Eros und des Geistes» (lass mir das durchgehen, ja?). Du kennst alttestamentliche Register, auch rokokoverspielte, kannst aber auch gegenwartsnah flöten wie eine Nachtigall. Das kann nur ein Ludwig Weibel. Dein mitreissender Schwung beeindruckt – und reisst vielfach mit. Alles in allem lese ich Dich mit Begeisterung. (Dass mein kritischer Geist in wenigen Passagen etwas auf Distanz geht, ist bei einem so immensen Werk wie von Dir einfach vorhanden. Zudem: ich habe mein ganzes Leben lang kein einziges Werk der Weltliteratur oder Weltphilosophie vollends kritiklos gelesen.)

Dein vom Himmel auf die Erde Zugehen ist welteinmalig. Da kann es mir schon den Atem verschlagen (ich meine das positiv).

Ooooh, heute sah und hörte ich von Marco nichts.

Salü, lieber Lu – auf bald wieder.

Herzlich grüsst Dein Paul

17.9.21

Eine flutende Lichterkette
die Erkenntnis
des Einsseins
aller Geschöpfe
mit dem Geist

18.9.21

Lieber Ludwig

Heute habe ich den letzten und wichtigen Feinschliff für
mein Lyrik- und Prosabuch vornehmen können, nun sitzt
es also ganz so, wie ich es möchte und vermag.

Ich schickte alles der «orte»-Zeitschrift, die eine
Auswahl bringen dürfte, bot alles auch dem «orte»-
Verlag an. Ich weiss jedoch schon heute sicher, dass
abgelehnt nicht, weil ich nicht in ihr Konzept passe.

Nun, ich warte nur einige Wochen zu, und dann – wenn
Du Dein Buch über die Runden gebracht hast – freue ich
mich, wenn Du es bei BoD machst. Mir eilt es nicht.

Zuerst ist nun der Weibel wichtig – der Gisi wartet.

Marco freut sich schon riesig auf mein neues Buch, das
ist das Schönste. Ein Gedicht ist Marco gewidmet.

Ich widmete 2020 «Moosauge / Im assyrischen Palast»
als Ganzes Daniel Kappeler und bat Dich dann dringend,
diese Widmung zu entfernen, weil eine «Sonnen-
finsternis» zwischen uns ausbrach. Dieser Rückzug war
richtig und gut, auch wenn ich jetzt wieder gut mit ihm
auskomme.

Wenn ich meine Gedichte in letzter Hand zusammenstellen, bereinigen könnte, würden die meisten Widmungen wegfallen, gewiss jene, wo ich ein ganzes Büchlein einem Menschen widmete. (Das stimmt nach Jahren einfach nicht mehr.) Etwas anderes ist es, ein einzelnes Gedicht jemandem zu widmen, das könnte oft bestehen bleiben.

Marco hat ein Herz wie eine Perle.

Marco lässt meine Gedichte in sich weit ausschwingen, das ist für mich wunderbar. Er sagte auch, wenn ich meiner Depressionen wegen es nicht mehr aushalte, komm einfach zu mir oder ich hole dich mit meinem Tandem ab, ich habe ein Gästezimmer, dann kannst du bei mir sein, bei mir schlafen, wir sind uns dann nahe, dann geschieht dir nichts. Das ist natürlich unendlich viel, schön.

Liebe Grüsse

vom Paul

21.9.21

So leicht so leicht
wie die Sonne
im Untergang
steige ich zu dir hinauf
in dein Herz

Während du schweigst
redet der Regen
mit den Blättern
und streicht der Wind
übers Meer

46

VOLLKOMMNE RUHE
IN DER BEWEGUNG

pg

Noch nie hatten Mächtige Interesse daran, Macht abzugeben.

Beim Verfall der Solidarität kommt die Sympathie nach der schützenden Hand eines «Führers» auf, ein psychosozialer Reflex in jeder Gesellschaft.

Sogenannte Volksvertreter sind «Machthaber»; Politiker haben ein ausgeprägtes Machtstreben bis zur Herrschsucht und auf jeden Fall einen bis ins Extrem gehenden Ehrgeiz.

Das ist brand(demokratie)gefährlich.

Politik hat viel mit Überzeugungskunst zu tun, man muss die schwächere Seite zur stärkeren machen können. Rede ist wie ein Gift, mit dem man alles tun kann, vergiften und bezaubern (Gorgias). Es ist vielfach blosse Streitkunst, Wortverdrehung, Spiegelfechterei, schamloses Lügen. Tyrannis ist nicht der Gegensatz zur Demokratie, sondern ihre Konsequenz, ist bei Platon nachzulesen. Doch welcher unserer Gegenwartspolitiker hat den genügenden IQ, Platon zu lesen? Ausser Klischees und Dummheiten, die sie kolportieren (hausieren, zusammentragen, Gerüchte weiterverbreiten, widerlich lügen, wie ein Esel einfach i-aah schreien), kommt wenig heraus. O weh das!

Usw.

Johannes Brahms, Klavierkonzert No. 1, op. 15

Noch: man kann *für* die Politik sein, man kann **gegen** die Politik sein – und, ein Drittes, und diese Position nehme ich ein –, man kann total *ausserhalb* der Politik sein. Das ist nicht so leicht einzusehen und ins grössere Ganze einer individuellen Existenz einbezogen nachzuvollziehen, das ist mir bewusst. Diese ungewohnte, unerwartete Geisteshaltung nehme ich längst ein.

Dass auch existenziell-verwurzeltes «Unpolitisches» politisch sei, wie mir rechthaberische fanatische Hitzköpfe vorwerfen, ist Blödsinn, Kabis, nicht gültig für mich.

Ich kenne natürlich die dominante Gesellschaftsauffassung, der Schriftsteller heute muss politisch sein, kann nichts anderes als politisch sein, sofern man ihn ernst nehmen will. Das lehnte ich schon immer vollständig ab. Lehne es immer noch radikal ab.

Wir werden regiert von Stümperlingen, Flundernpfunden, Krätzenhohlköpfen, Hirnwasserverblödeten, Eiterbeulenhoffärtigen, Sterilwinselnden, Lachnummerstolzierenden, Intoleranzschwärigen, Geldbeutelaufgeblähten, Oberflächengriesgramigen, Ruhmverkrallten, Lügnerbolden, Korruptionsgeilen, Geistesschwachsinnigen, Mörderanwärtern, skrupellos Überleichengehenden, gnadenlosen Bestien, verlogenen Alkoholikern, stumpfsinnigen Ratten, erbärmlichen Versagern, Ungeheuern des Machtwahns, Schmalspurdenkern, Lächerlichkeitstolpatschen, Pampflingen, Saucenköchen, Stallvermisteten, Hurrapatriotennullen, Blutundbodenscheusaligkeiten, Grenzenziehenden, Furunkeln, Knüppelausdemsackdisputierenden, Lächerlichen, rachitischen Gefährlichen, unheilbar Bösartigen,

Glotzäugigen, Fettärschigen, Erinnerungslospfropfen, Sauerkrautverwesenden, Stinkmorchelverliebten, Raubritterbefürwortenden, Jederundjedeübersohrhauenden, Andersdenkendekaltmachenden, parfümierten Lackaffen im Massanzug, Kontomaximierenden, Afterassligen, Steuerzechprellenden, Armenochärmermachenden (sind eh selbst schuld), Halunken, Fettwanstschwabbligen, widerwärtiger Chimärenbrut, Hornochsen, Perversen, Massenmördern, Geistesumnachteten, Quatschvielrednern.

Wortverloren

Das kanns geben, etwas sagen zu wollen, doch das richtige Wort bleibt verloren.

Bald

Zeitspannen sind trügerisch, ob lang oder kurz, wer will da schon richten, es gibt keinen festen Standpunkt, alles ist ridikül in den Äonen, doch ich schaue auf die Uhr, in wenigen Minuten kommst du, und das zählt, bald bist du bei mir, wir werden lachen, Wein trinken, rauchen, Streichquartette hören, bald, dann gibts keine Zeit mehr, wir hebeln das Sein aus, sind zusammen, schweigen miteinander, jubeln mit dem wolligen Zwergfilzkraut, erfinden neue Sternbilder, tun so, als flössen tausend Ströme herzwärts, mit dir ist alles möglich, bald.

Wie nichts wie alles

Wie nichts wie alles, traumirr, in der Blüte, die ich nicht kenne, in sich ausruhend, das Weltall, denke ich, als ob es Anfang und Ende gäbe, ursachlos, liebeslustberauscht, sich an Farben und Melodien zu halten ist schon was, wenn alles zerrinnt, nichts mehr stimmt, da müssen Nachtmahre kapitulieren, darf es nochmals einen Sonnenaufgang geben, eine Lösung ist das nicht, ist auch nicht gesucht, dennoch.

Du

Ich wage es nicht, dich direkt anzusprechen.

Niemals immer

Zwischen *niemals* und *immer* kann ich nicht unterscheiden, sie sind mir zu krass, ich glaube an keine festen Worte, sie grenzen Leben aus, was mich vergrault, ich bevorzuge *vielleicht,* Antönungen, Widersprüche, Rieselndes, die hellen durchsichtigen Topase, dogmen- und tabufreie Inflammationen, Sonnen und Winde, Oszillierendes.

Ergriffensein auf ein entflammtes Leben

Ich bin froh, wenn man mich nicht ernst nimmt. Ich bin zutiefst Lyriker in meinem eignen Universum, da brauche ich keinen schnöden lächerlichen Erfolg von einer Gesellschaft, die ich verachte. (Einmal sagte mir ein Freund, dein Erfolg ist, dass du immer du selbst bist. DAS ISTS!)

Ich arbeite zurzeit in voller Fahrt an meinen Liebesgedichten «Cembalosilbrig im Wind».

Paul

5.10.21

Nachmitternacht:

> NICHTS
> rundet sich zur Wolke
> zu einer Blütenlippe
> OHNE DICH

Lieber Ludwig

Was für ein Glück, dass Du *«Wesensverwandt in den Entfernungen»* für BoD machst.

Dass Dein neuer Umschlag anders ist, habe ich natürlich sofort bemerkt, ich dachte einfach, Du hättest es von Dir aus anders gestaltet. Dass die BoD-Fritzen mit neuen «Ideen» dahinter sitzen, wusste ich nicht. Gut, einmal kam von BoD ein Mail, wo sie zehn (oder vierzehn?) neue Titelmuster vorführten. Nun, das wird schon recht, da bin ich nicht beunruhigt. Gerne erwarte ich Deine Vorschläge – Du dürftest aber auch ganz allein entscheiden, auswählen, gestalten. Dein grafisches Auge ist sehr gut.

Wenn *«Ohne Waldkauz auf der Schulter will ich den Himmel nicht betreten»* auf dem Umschlag irgendwo/irgendwie aufgeführt werden könnte, würde mich das freuen; es ist gewiss eine ungewohnte Eigenwilligkeit, typisch für mich. Sie sagt viel über mich aus – meine grenzenlose Liebe zu den Geschöpfen. Doch ich weiss nicht, ob das typografisch möglich ist. Versuche es bitte. Wenn`s nicht geht, geht es halt nicht, da bin ich auch nicht traurig. Innen im Buch – am Anfang des ersten Kapitels – kommt es ja noch.

«Cembalosilbrig im Wind» bekommt stetig neue Farbtupfer, eine reichere Melodie.

Joseph Haydn, Missa brevis Sancti Joannis de Deo, Kleiner Orgelsolomesse, Hob. XXII:7

Meine neusten Gedichte sind meist nur flockenleichte Dingerchen, Fragmentchen, doch im Fluss gelesen dürfen und werden sie bestehen, sich ergänzend, sich variierend, sich ausschmückend, sich einschränkend, sich neu webend, sich nähernd, sich entfernend, anders sich einfärbend. Mir gefällt das sehr. Ich sehe eine Einheit in der zusammenfügenden und gleichzeitig weit ausgreifenden Denkdimension, in der Freiheit des Zusammenfalls der Entgegensetzungen bildsinnlich **eins** geworden.

Ha, was für eine Lust, Gedichte zu schreiben!

Gedichte, die eine Moral implizieren, ideologisch sind, eine «Botschaft» haben, mag ich nicht – Gedichte wollen NICHTS, ausser absichtslos sich selbst sein, sie sind jedoch für mich keine *l`art pour l`art*, auch wenn sie vorerst keine bestimmte Absicht und schon gar nicht einen gesellschaftlichen Zweck verfolgen, sie sind für mich auch nicht Selbstzweck, sondern eine pulsierende Liebe auf die Liebe hin, ein entflammtes Leben aufs Leben hin. EIN ERGRIFFENSEIN.

Leben ist menschlicher und göttlicher Geist, Verstand, Erkennen, Denken im Vergänglichen und Ewigen U N D Seidenraupe, Gauklerblume, Tiefseemeduse, Sonnenirrheit. Und immer wieder LIEBE zum Menschen, zu allen Geschöpfen, zu den Träumen, zum Atem. Liebe zum Geheimnis des Lebens, erklärbar ist doch nix.

Das ist schon fast ein «Glaube», was ich da sage, nicht? Doch ein Glaube, der durch nichts gebunden ist, *frei* in allen sinnlichen und geistigen Unerwartetheiten. Nur das Unbekannte ist es wert, in der Kunst zu gestalten, sonst kann man ein Kochbuch schreiben. Man nehme einen Kaffeelöffel Salz und und und – fertig ist die allbekannte Sauce. Das ist nicht meine Sache.

Künstler als philiströse Saucenköche, das verachte ich.

Nun, ist mir eigentlich egal. *Ich schreibe wie ein Malvasier im Négligé* – das ist ein Aphorismus der gisischen Art, hahaa.

Meine zweite Rückenoperation setzt mir mehr zu als die erste, verflixt.

Liebe Grüsse Paul

6.10.21

Lieber Ludwig

Ich habe «Entfernungen» bereits 1-mal durchkorrigiert, es gab gewichtige Korrekturen, doch am Umfang ändert sich nichts.

Deine Bemerkungen zum Inhalt haben mich riesig gefreut, ich danke Dir.

Ich werde die definitiv korrigierte Fassung gewiss noch in dieser Woche machen können, morgen und übermorgen habe ich kaum Zeit. Doch es eilt ja nicht.

Ich jubelte, als der Buchblock kam.

Da hattest Du wieder Arbeit meinetwegen. Ich danke Dir ganz herzlich für Deine Bereitschaft.

Liebe Grüsse

Paul

6.10.21

Lieber Ludwig

Was ich noch sagen wollte: das Layout hast Du perfekt gemacht, danke für Deine Mühe und professionell-souveräne Art.

Heute telefonierte mir Marco, seine Herzlichkeit tut mir so gut.

Salü Paul

Lieber Ludwig

Ich habe mein ganzes Leben immer wieder äusserst lebhaft diskutiert, Stellung bezogen, bejubelt, widerrufen, mich in allen menschlichen, gedanklichen Hitze-und-Kälte-Graden getummelt, Menschen geliebt und mich mit Menschen verkracht, immer leidenschaftlich, Wunden aufklaffend und verheilend; es bequem, «gemütlich» zu haben war für mich ein Graus, die Fetzen mussten fliegen, nächtelang bis in den Morgen hinein, hohnlachend, anbetend, ich lief mit Siebenmeilenschritten auf mich selbst los, mich niemals ganz findend, mich verlierend in tausend Empörungen, ich suchte keine Fluchtwege, sondern fräste mich immer ins Schwierige ein, die Späne flogen, die Hautevolee war mir immer lächerlich, den Ideokratismus (Herrschaft der Vernunftbegriffe) war mir immer ein Schmarren, ist es heute noch!, Lauwarmes, Halbherziges verabscheute ich, Traumbilder als Symbol der Selbstfindung, der Entselbstung waren mir immer wichtig, ich mied stets die breiten Strassen und schlug mich verwundert vergnügt ins Dickicht des Lebens, wo nichts vorgespurt ist, wo es kaum ein Durchdringen, Vorwärtskommen gab, Mumpitz war mir oft eine grosse Freude, ohne ihn natürlich zu ernst zu nehmen, ich lachte und weinte viel – und in all diesem Durcheinander, Übereinander, Gegeneinander, Miteinander schrieb ich unbeirrbar meine Vieltausenden Gedichte, masslos im Schreiben wie im Leben.

Wie gut, ich lebte mindestens fünf Leben! Ich hatte ein erfülltes Leben – und das habe ich immer noch. Die FREIHEIT war immer mein Leitfaden, Freiheit im Denken, Fühlen, Lieben, Hassen. Es gilt nicht, leidenschaftslos (weise) zu werden, sondern alle menschlichen Leidenschaften voll auszukosten, in der Kunst zu gestalten. Sie anzunehmen, sie auszuleben, in «sinfonischer Symbiose» mit Schuppenameisen, Stachelrochen, dem Wassernabelkraut, mit Sternbildern, das planetarische Sein ist nicht nur anthropozentrisch, Gott hat die differente, vielmillionenfache Diversifikation aller Lebewesen im Auge. Gott hat Meisterwerke geschaffen, der Mensch ist keines. Als er den Menschen schuf, lief ihm in seiner rauschhaften Schöpfungslust «etwas daneben». Das wage ich, der Zackenbarsch, zu denken, was ich natürlich als Axiom verstehen will.

Es ist ersichtlich, dass all das jahrtausendealte (philosophische und religiöse) Denken den Menschen keinen Schritt weitergebracht hat. Du postulierst, dass sich nur mit Gottes Hilfe die Menschheit wirklich fortbewegen kann – und klammerst alles andere Leben, das niemals derart grausam wie der Mensch ist, schlicht aus. Das beunruhigt mich.

Ich respektiere Deine Ansicht, zweifelsfrei – habe aber etwas Angst, dass Du meine Ansicht nicht respektierst. Irre ich mich da?

Dass sich früher oder später alle Menschen auf Deine Ansicht einschwenken werden, ist eine Kühnheit oder Sicherheit Deinerseits. Gut (für Dich).

Ich weiss es nicht. Bin gläubig in dem Sinn, dass ich das Numinose anbete, das universelle Geheimnis. Mehr auszusagen, mag ich nicht. Denk- und Glaubensfestlegungen sind nicht meine Sache. Wahrheit ist nur innerhalb bestimmter Koordinaten möglich; die absolute Wahrheit gibt es nicht. Wahrheit kann nur eine Variable sein, eine perspektivisch veränderliche Grösse, Konstanten sind illusorisch.

Heraklit munkelte im 6./5. Jahrhundert vor Christus, *panta rhei*, alles fliesst, alles ist in Bewegung, in Veränderung. Weiter sind wir Menschen nicht gekommen, dazu noch: ERKENNE DICH SELBST. Das beinhaltet nichts Vorgegebenes. Und schliesst das OFFNE mit ein. Leben, Denken sind herrlich, sofern man alles offen neu wagt!

Parmenides wäre da als «Gegenantwort» anzufügen, doch das verliefe in einen philosophischen Diskurs. Und das ist mir zurzeit zu energieaufwändig.

Ich kenne Dein neues Buch als Korrektor ja recht gut, doch ich werde immer wieder Teile daraus lesen, eben einfach als LESER. Es gibt (für mich) Partien, die einfach grossartig sind, die ich nochmals auf mich einwirken lassen möchte. In «Die Fülle allen Seins in Mir» hast Du einen erneuerlichen Höhepunkt geschaffen. Das anerkenne, bewundere ich.

Deine Welt ist aus einem Guss, fantastisch gut.

Der Umschlag für mein neues Buch gefällt mir rasend. DANKE.

Liebe Grüsse

Paul

16.10.21

Aufgeschreckt
von deiner Schönheit
höre ich
den Bambusflötenton
im Kamelienrot des Abends

EINE UFERSCHWALBE
IRRT DURCH DEINE AUGEN
und der Mond
wandert gelassen
von Baum zu Baum   pg

16.10.21

Lieber Ludwig

Ich möchte Dir nochmals einen ganz besonderen Dank aussprechen für die Gestaltung des Covers der «Entfernungen». Du setztest stundenlang Zeit ein, um es ganz schön zu machen. Das spüre ich. Die Einheit im Charakter der Farben, in der sanften Ausgewogenheit ihrer Beziehungen untereinander ist genial, sehr, sehr schön.

Alles, was Du bisher für meine Bücher gemacht hast, ist wunderbar – doch diesmal ists nochmals ein begeisternder Höhepunkt! Absolut einmalig!

Dieser Umschlag beglückt mich.

ICH DANKE DIR – und drücke Deine Hand.

Liebe Grüsse

Dein Paul

2.10.21

Lieber Ludwig

Deine Gedanken zu Marcel haben mich tief berührt, Geist und Herz ergriffen. Ich musste weinen. Ja, da hast

Du sehr Erhellendes, Hilfreiches geschrieben, ich bin Dir sehr dankbar.

Deine Sicht tut mir gut.

Liebe Grüsse Paul

Lieber Ludwig

Ich las Martin Bubers «Ich und Du» zu Ende; einesteils sehr interessant, andererseits – für mich – etwas konkret weltfern; auch die sehr eigenwillige Bubersche Sprache kam mir dann und wann zu gestelzt, manieriert vor. Mitgerissen hat mich dieses Buch nicht, ich musste mich bis zum Ende durchquälen.

Jetzt habe ich sein Buch «Der Glaube der Propheten» zu lesen begonnen. Bin sehr gespannt. Die Propheten waren in der Weltgeschichte, Religionsgeschichte sehr einmalig-sonderlich, wie das sonst nirgends der Fall war. Bis jetzt ist Bubers Sprache anschaulich und gut nachvollziehbar.

Viele Philosophen haben eine ermüdende, betont gekünstelte ausgeprägte Wirrwarrsprache, hoffentlich ist das in diesem religionssoziologischen, geistes-geschichtlichen Buch nicht der Fall.

Es gibt Philosophen, die glasklare Stilisten waren, Nietzsche, Kierkegaard, Jean Gebser, Carl Friedrich von Weizsäcker, Bertrand Russell, Simone Weil, Max Picard, Keiji Nishitani zum Beispiel, auch Sigmund Freud kann man dazu zählen – Schopenhauer, Wittgenstein und auch Sartre gehören nicht dazu. (Die meiste romantische Philosophie ist meist wucherndes Unkraut, magische dünkelhafte weltferne Spitzfindigkeit, eitle Allotria, Geistesclownerie.)

Der frühe und mittlere Eugen Drewermann war ein sehr guter Stilist, in seinem Spätwerk verliert er sich in überflüssigen Ausschweifungen, er hört sich narzisstisch selbst zu gern.

Eine neue Woche kommt, wie schön. Ich wünsche Dir für sie nur Gutes. Herzlich grüsst Paul

Wir vereinigen uns
im Weltallakkord
der Weinbergstraubenhyazynthe
im Ohrenfisch
in den Choralnotationen der Lust

Diaphan
epiphan
der Geist
der Puls
DER KUSS

Ludwig van Beethoven, Streichquartett Es-dur op. 127

Lieber Ludwig

Die Liebesgedichte bei BoD wären weit besser als bei mir in meinem eignen Lucrezia-Borgia-Verlag, einmal die schönere Aufmachung, zudem wird der Titel halt schon in vielen Buchhandlungen, Buch-Online-Shops, im Internet angezeigt, was ich selbst nicht machen könnte.

Und die Auslieferung ist für viele Jahre gesichert, möglich, bei mir wäre das auch nicht der Fall.

Ich frage Dich an, machst Du mir das? Es eilt natürlich nicht (Erscheinungsdatum auch 2022).

Zwei, drei Gedichte werde ich noch ändern, austauschen, doch das hat auf den Umfang keinen Einfluss. (Höchstens ergänzend bis vier Seiten mehr, doch das ist noch unsicher; das würde ich dann wohl problemfrei selbst machen können. Und sonst bist Du als Profi-Buchhersteller ja erreichbar.)

Nicht verzagen, Weibel fragen, derart, voilà!

Claudia hat «Wesensverwandt» bereits in meine Homepage eingefügt.

Im Wallstein-Verlag erscheinen in einem Band (über 500 Seiten) sämtliche Gedichte von **Rainer René Mueller** – das ist eine Sensation! Ich kannte ihn bis jetzt nicht, er hat wie ich Jahrgang 1949. Dieses Buch werde ich kaufen, muss es kaufen!

Schau einmal im Internet nach; es gibt auch Hörproben von ihm. Für mich alles eine absolut umwerfende Sache. Zutiefst beeindruckend, ja erschütternd. Was für Gedichte! Was für ein Mensch! (Er ist sehr hinfällig. Auch bekennender Jude.)

Liebe Grüsse Paul

> Sei mein Gast
> kleines Vögelchen
> bald muss ich
> auf die Reise

Hinter dem Vorhang
tausend weitere Vorhänge
unabsehbar

Das Sonnenrad
bewegt sich
auf dich zu
in deine Unendlichkeiten

pg

30.10.21

Lieber Ludwig

Ich hoffe, Du hast noch nicht begonnen, mein «Cembalo» in die BoD-Form zu bringen. Jetzt – und erst jetzt – sitzt alles, mit den notwendigen Gedichtergänzungen, mit den vier Kapiteln.

Jetzt wird es ein Liebesgedichteband, wie ihn die Welt zuvor noch nie gesehen hat (hahaa).

Ich schicke Dir die neue und letztgültige Word-Datei meines «Winds» voraussichtlich morgen Abend, Ψ冰犬قيكخ_سز – wenn das kein Gedicht ist, was dann?

Nun möchte ich in Deine funkelnden Augen schauen – und lachen.

Zutiefst sind wir uns nahe, Ludwig. Und meine nächsten Gedichte werden «geistiger», was das auch heissen mag, simsalabimbumm.

Lieber Ludwig

Schön, dass Du eine so gute, erholsame Velotour gehabt hast. Danke für die Informationen zu Friedrich VII. (Toggenburg).

Die Liebesgedichte werde ich Dir vorraussichtlich morgen schicken, es gibt noch zwei oder drei, die ich zu verbessern suche.

Zum Haupttitel *«Weit fortfliegen bis in den letzten Kern»*: Irgendwie bin ich nicht ganz glücklich damit, gefällt er mir nicht so recht. Du kennst die Gedichte, vielleicht kannst Du mir einen Vorschlag machen?

Du hast mir ja schon einmal einen Titel gemacht: «In Sonnenwirbeln».

Meist habe ich den Titel mit den ersten Gedichten, die ich schreibe, aber eben nicht immer. Ich habe von diesem Titel nicht geträumt …

Hoffentlich fällt mir etwas ein, das mich beben lässt vor Freude.

Wenn Du mir alles zum Korrigieren schickst, könnte ich den Titel ja immer noch einsetzen. Bis dahin ginge der genannte Titel als «Platzhalter».

Der Titel müsste wie ein Gongschlag sein: JA, das ists! Dieser Gongschlag bleibt bis jetzt aus.

Wir hören wohl bald wieder voneinander.

Inzwischen liebe Grüsse Paul

Lieber Ludwig

Dein Coverbild für meine Liebesgedichte ist ein absoluter Höhepunkt an Schönheit, Dynamik und Ausgewogenheit. Aus einer Mitte heraus greift die Form ins Weite.

Die Farbgebung des ganzen Umschlags ist fantastisch schön, ich bin überwältigt.

Mein Titel «*Wir schenken uns wild durcheinander uns*» ist, so glaube ich, sehr rhythmisch (aufsteigend und abfallend), Du als Connaisseur des Sprachrhythmus wird das gewiss bemerkt haben. Man lese ihn nur langsam LAUT.

Das ist nun wirklich nach langem Werweissen DER Titel mit Gongschlag, den ich suchte – und glücklich fand.

Ich vermute, es ist nicht leicht, alles verlagskonform zu machen, da gilt es vieles zu beachten. Zudem ist ja bei BoD vieles neu, verzwicktzwacktnochmals.

Bonne nuit, mon ami.

Und einfach mit meinen längst nicht mehr zählbaren Herzen tausendmal DANKE.

Paul

9.11.21

Ich finde den jetzigen Titel-Gedichtzeilenfall auf dem Buch sogar besser als auf der Vorlage, vraiment, ich bin damit zweifelsfrei gern einverstanden. Es liegt eine neue, sehr gute Spannung darin, die mir ungemein gefällt.

«Wir schenken uns wild» besteht, dramaturgisch, in sich selbst, und dann folgt «durcheinander uns» als fantastische weitere Erklärung. Ich mag das sehr.

Ich bitte Dich, das so zu belassen, es ist bestens!

Du beschäftigst Dich denkerisch und sehr sensibel mit mir, mit meinen Texten, das finde ich einmalig grossartig. Doch so, wie der Umschlag nun ist, haben wir das grosse Los gezogen! Der Zackenbarschlyriker ist glücklich.

Ich finde den Zeilenfall

«Wir schenken uns wild
durcheinander uns»

rhythmisch und inhaltlich (aussagegemäss) PERFEKT. Da gibt es nichts mehr zu ändern.

Der «Zungenschlag» könnte nicht anders sein.

Nach «wild» ist nun im Aussageatem eine Zäsur geschaffen, das macht meinen Titel noch genialer (hoppla), darf ich das sagen? Die «Zweiheit» des Titels kommt so noch besser zum Vorschein, zur Geltung. Die zweite Titelzeile ist eine Unerwartetheit, ganz nach meinem Geschmack. Wir schenken uns wild WIE, und dann kommts: durcheinander uns. Besser, schöner, lustvoller könnte es gar nicht sein.

Alors, lieber Ludwig, es ist sehr gut, es so zu belassen. Du hast – mit den BoD-Vorgaben – den Nagel auf den Kopf getroffen.

9.11.21

Lieber Ludwig

Ich schreibe weiterhin seltsame surreale Gedicht-
verknüpfungen, halt so auf meine Zackenbarsch`se Art.

Zudem notierte ich ein paar Prosaminiaturen, ohne jede
Wortakrobatik. Sehr beherrscht. Will schauen, ob was
draus wird. Vielleicht eröffnet sich daraus für mich was
Neues. Ichbezogen, weltbezogen.

Paul

10.11.21

Lieber Ludwig

Es ist nicht leicht, Rainer René Mueller zu lesen, zu
rezipieren – doch ich bin erschüttert! Was für eine
Sprache, ein weitverzweigter Anspielungsreichtum, ein
eigenwilliger Formwillen, was für eine sprach-
schöpferische Erfindungskraft. Mit wilder Syntax
versucht er seine Sprache einzudämmen, was aber nicht
gelingt. Ich bin glücklich, auf ihn gestossen zu sein. Ich
lese und lese – kann nicht mit Lesen aufhören! Ich bin
gefesselt von Muellers Gedichten.

Eine gute Nacht wünsche ich Dir. Paul

**Anton Bruckner, Sinfonie Nr. 8, C-Moll
(Originalfassung)**

Lieber Ludwig

Nun habe ich Yasunari Kawabatas Roman «Ein Kirschbaum im Winter» zu Ende gelesen, viel Trauer schwebt in ihm.

Bei Rainer René Muellers Gedichten kommt kein Lesefluss auf, die Gedichte sind vielfach hermetisch verschlüsselt, widerborstig, verzackt, ich meine das positiv. Es sind Gedichte, die mir sehr, sehr gefallen, man muss sich um sie bemühen, sie bieten sich nicht an. Mit unzähligen Zitatanspielungen, dass mir der Kopf nur so qualmt. Der Anmerkungsteil ist sehr gut, ich lese ihn aufmerksam. Bei einem zweiten Lektüredurchgang werde ich dann die Gedichte ohne Anmerkungen lesen, sie einfach ganz auf mich einwirken lassen. Viele Wortgesteinsbrocken, wo sich der Zusammenhang nur schwer ergibt. Wenig Gefühle, Kopflastiges dominiert, brilliert. Die Sprünge sind gross, ich schaffe wohl nicht jeden mitzumachen. Dieser Mueller ist ein lyrisches Urgestein, sich ihm zu nähern ist schwierig. Manchmal bin ich fassungslos, mehr noch aber fasziniert von seinen Funken, die er schlägt. Vieles trifft ins Schwarze, bleibt aber auch rätselhaft. Das gefällt mir sehr (da und dort fast etwas zu akademisch). Alles in allem bin ich begeistert von dieser Staccato-Gedankenfülle, das ist weit herum einmalig. Manches hat wohl bloss für Mueller einen Zusammenhang. Mueller ist ein grosses lyrisches Ereignis, auch wenn ich nicht alles anzueignen verstehe.

Ich schreibe kuriose Gedichte, ob sie etwas taugen, weiss ich noch nicht. Ich versuche, Prosastückelchen zu schreiben, ob ernsthaft etwas draus wird, ist mir noch unklar.

Jetzt habe ich zwei Tage nichts von Marco gesehen und gehört, das kommt mir wie eine Ewigkeit vor. Doch er sagte mir vor drei Tagen, «Paul, ich denke jeden Tag an dich. Du bist fest mein Freund.» Auf ihn kann ich mich verlassen.

Bald werden meine Liebesdurcheinandergedichte erscheinen, ich freue mich riesig. Sie auch Marco zu geben (zwei Gedichte sind ja an ihn gewidmet, er sagte mir bereits, er freue sich wie närrisch auf dieses Büchlein.) Es gibt gottseidank Glück in den Dunkelheiten!

Nächste Woche am Donnerstag, 18. November, besucht mich Daniel – nach anderthalb Jahren Pause zum ersten Mal wieder, coronabedingt, hier in Rorschach, er hat mich in die Pizzeria Gemelli eingeladen. Ich freue mich riesig. Ich gebe ihm «Wesensverwandt in den Entfernungen», toll wäre, ich könnte ihm «Wir schenken uns wild durcheinander uns» auch noch geben, doch wenn die Zeit nicht mehr reicht, macht auch nichts, es läuft wie es läuft, sapperlotnochmals, alles ist gut.

Du hast mir, Ludwig, in diesem Jahr fünf BoD-Bändchen gemacht, sehe ich das richtig? Vielleicht sind es auch mehr ... Das ist enorm! Der Gisi hält Dich auf Trab. Ich bin mit allergrösster Dankbarkeit erfüllt, Freund Ludwig. (Ich verliere etwas die Übersicht, hui.)

Du hilfst mir unermüdlich finanziell – und künstlerisch. Dank Dir geht es mir immer wieder gut, in der praktischen Überlebensgestaltung und im Verwirklichen als Lyriker. Ich weinte schon vor Glück und Dankbarkeit.

Ich schrieb gestern der «orte»-Verlegerin einen langen Brief, doch plötzlich war er weg. Pff. Ich fand ihn nicht mehr, ist wohl ein gütiger Fingerzeig des Schicksals, bin eigentlich froh, dass er verschwunden ist, meine Trommelwirbel über ihr Schweigen war gewiss zu krass. Nun kann ich aber dennoch in Frieden schweigen und sie kann mir den Buckel runter rutschen ...

Ich verachte die allgemeine Verlagssituation. Ohne Schreibende wären die Verleger ein Nichts, ihre geldgeile Hochnäsigkeit geht mich nichts an. Ich bin frei bei BoD! Zu denken, sie oder eine Lektorin oder ein Lektor hätte in meine Gedichte «Wesensverwandt» dreingepfuscht, hätte mich nur zur Weissglut gebracht! Das ist nun zum Glück vermieden.

Jetzt fühle ich mich sehr wohl, in meiner Höhle ohne jeden Druck Gedichte oder Prosaminiaturen zu schreiben, eigentlich muss ich jetzt nichts mehr publizieren, ich sehe mich als Lyriker als erfüllt an. Und obs nochmals eine «Zugabe» gibt oder nicht, ist für mein Leben nicht entscheidend. Ich glaube, ich habe mit meinen Liebesgedichten (und dies als 72-Jähriger) in der lyrischen Bildkraft einen Höhepunkt erreicht – das macht mich glücklich.

Ich werweisse nicht übers Leben – ICH LEBE.

Mein grösster Lebenswunsch ist nun, dass Marcel wieder gesund wird.

Du bist, wie Du mir schriebst, nun auch zweimal geimpft, kannst also Konzerte besuchen. Das finde ich so schön! Ja, Brahms!

Pardon, von meinen neusten Gedichten schicke ich Dir erst etwas, wenn sie «verheben».

Luftgeister
Windgeister
Wassergeister
Feuergeister
ZU SINGEN DIES

Ich höre viel Mozart.

Lieber Ludwig, ich danke Dir für alles. Für Deine Hilfe, für Dein Zumirstehen, für Deinen BoD-Einsatz, für Deine sehr, sehr schönen Covers.

Ganz, ganz herzlich grüsst Dein Paul

14.11.21

Lieber Ludwig

Ich lege Dir mein Briefchen an Sandra bei, sie ist Marcels Schwester.

Liebe Grüsse Paul

Ich kenne Dich, Lu, schon und weiss, dass alles, was Dir einfällt, Du gut findest. So ist es nicht! Eliminiere, eliminiere! Nur so kommst Du weiterhin zu Dir.

Paul

Funkensprung III

Mein Werk ist mein Planetarium, Mensch, du bist eingeladen, in dieses bizarre Kuppelgebäude einzutreten.

Klavierkonzert A-Moll op. 16 von Edvard Grieg.

Flüchtig, schnell davonlaufend bist du, Weltgeschichte.

Verglichen mit Träumen ist das wache Leben belanglos.

Zu leben verstehen nur wenige Menschen. Sterben kann jeder Idiot.

Wahrheit gibt es nur in der Prägung der Unwahrheit.

Ein Gläubiger irrt immer.

Der Geist des Menschen ist ein Glühwürmchen, leider ausgestorben.

HERRLIGG ISTS ZU LEBEN IN DER UMARMUNG DES LEBENSFLUSSES.

Das Sein überkugelt sich wie junge Bären, wälzend sich überschlagend. Fantastisch das!

«Andante» aus Mozarts Motette «Exsultate, jubilate», KV 65.

Eduard Mörike, «Maler Nolten».

Der Weg nach *innen* kann nur über die Aussenwelt führen, sonst gelangt man bloss zu einem Hirngespinst.

Die Geschichte ist eine *Anhäufung von Grausamkeit,* so wie es die Gegenwart auch ist und die Zukunft sein wird.

Wenn dunkle Wolken aufziehen, muss ich lachen.

So tun, als wäre der Mensch nicht misslungen.

Patriotismus ist eine fiebrige Infektion.

Ich taumle über die Schönheit der Musik von Joseph Martin Kraus.

Die seelenvollen Melodien, kühnen Formen, ein Kaleidoskop an Farben, geistsprühenden Formulierungen – die Flugbahnen der Fantasie – sind Kennzeichen des wahren Kunstwerks.

Aufs Schwemmland der Träume fallen gespenstische Schatten riesengrosser unbekannter Vögel.

Der menschliche Geist kann nicht vermessen werden, man kann nur in ihm ertrinken.

Nur ein Verrückter versucht Sicherheiten anzubieten.

Ich will nur in den Unterschieden vergleichbar sein.

Was sich alles mit dem Verstande kombinieren liesse!

Überall gewinnt das Versagen.

Ich finde es kribblig wunderschön, in den Untergang zu zwackeln. Da kann mich niemand hindern!

Ich bin mein eigener Magister, basta. Mit Stachelhäutern. Mit dem Sternbild Drachen.

In der Kunst ist alles möglich, sofern man die Tümpeleien des Gängigen verlässt.

Nur Literaturkritiker sind noch eingebildeter als Schriftsteller.

Was zählt, ist nicht Politik, nicht Wissenschaft, nicht Religion, sondern Kunst.

Die Tugend des Müssiggangs fehlt mir leider.

Franz Danzis Cellokonzert als Kletterrosen von Galaxie zu Galaxie.

Ich weine, der Atem stockt: so schön bist du Welt!

Die Sterne kennen in ihrer Nacktheit keine Scham.

Ich bete dich an, Quendelblättriges Sandkraut.

Edvard Grieg, Peer Gynt Suiten Nr. 1 (op. 46) und 2 (op. 55)

Mein Schreiben ist *offen* auf alles

So

Ich hiess die Zustimmung zur Ablehnung gut, vielleicht
wars auch umgekehrt und ich hiess die Ablehnung zur
Zustimmung gut, da ists halt schwierig zu unterscheiden,
es kommt nicht darauf an, Stellung zu nehmen mündet
stets in ein Fiasko, das ist mir recht klar, deshalb meide
ich es, zuzusagen oder abzulehnen, ich schaue bei Fragen
und Problemen einfach *tiefsinnig* in die Luft, obwohl ich
keine Ahnung habe, was *tiefsinnig* bedeuten könnte, doch
es wirkt, ich werde als tiefsinnig Indieluftgucker in Ruhe
gelassen, gemieden, werde nicht mehr genötigt, irgend-
etwas zu sagen, was ich sowieso nie sagen wollte, da ich
nie in der Lage mich befähigt fühle, Ja oder Nein zu
sagen, da beides aufs Gleiche herauskommt, und ob nun
Grün Blau oder Rot ist, interessiert mich nicht, so.

Ganz anders

Du glaubtest, als du mich kennen lerntest, dass ich gleich
wie du denke, doch ich habe längst vergessen, was
Denken zu heissen in der Lage wäre, das Denken
überlasse ich vergnügt andern Menschen, die vorgeben
zu wissen, wer sie seien, ich gehöre nicht dazu, ich weiss
nicht, wer ich bin, versuche auch nicht so zu tun *als ob,*
es ist alles hinterhältiger, einsturzgefährdeter,
flicklappiger, so siehts aus, ganz anders.

Lieber Ludwig

Ich habe Muellers Gedichte ganz gelesen, es war ein Leseerlebnis der besonderen Art. Mueller ist wohl die eigensinnigste Stimme in der Gegenwartslyrik. Begeisternd!

Von seinen frühen Gedichten, die schon das Einmalige erkennen lassen, bis zu den hermetisch verklotzten Spätgedichten ist es ein Ereignis. Auch wenn es in seiner Spätphase enorme Rätselhaftigkeiten gibt, ist sein ganzes Werk eine erstaunliche Einheit. Mir gefällt der GANZE Mueller.

Manchmal möchte ich fast sagen: seine Gedichte sind ungeheuer präzis, ich denke mir, sie könnten gar nicht anders sein, wie sie sind, man ist existenziell überrascht, doch wenn ein Gedicht zu Ende ist, ist auch das Existenziell-Gesagte ein für alle Mal zu Ende – es schwingt nicht weiter, da die Gedanken und nicht die Seele angesprochen wurde. Die Rätsel sind rational, das beengte mich manchmal.

Ich werde in den nächsten Wochen Muellers sämtliche Gedichte noch sehr oft in die Hand nehmen. Im gegenwärtigen lyrischen Allerleibanalen und verwaschnen pseudopoetischen Nachgeahmten ist Muellers Stimme gewiss DIE einmalige geniale Stimme. Nichts kommt ihm nahe. – Was für ein Glück, seine Gedichte kennen gelernt zu haben!

Das Donnerstagtreffen mit Daniel habe ich abgesagt, ich bin verkältet und fühle mich nicht recht wohl, zudem möchte ich ihn ja auch nicht anstecken.

Ich freue ich natürlich sehr aufs Erscheinen von «Wir schenken uns wild durcheinander uns», hoffentlich darf das in den nächsten Tagen der Fall sein.

Ich werde es dann Anfang Januar mit «Wesensverwandt in den Entfernungen» einigen Leuten schicken – quasi als Doppelstern. Das wird was!

Morgen Mittwoch muss ich nochmals zum Chirurgen, hoffentlich zur Schlusskontrolle. Diese zwei Eingriffe verursachten mir wochenlang Schmerzen und haben mich sehr mitgenommen.

Ich wünsche Dir herzlich nur Schönes und Liebes.

Dein Paul

19.11.21

Lieber Ludwig

Ich lese vorwiegend Lyrik, Prosa zu lesen fällt mir mehr und mehr schwer.

Jetzt lese ich intensiv, vertieft wiederum Fernando Pessoa. Er schrieb unter verschiedenen Heteronymen (z. B. Alberto Caeiro, Ricardo Reis, Alvaro de Campos und eben Pessoa; Pessoa bedeutet im Portugiesischen so viel wie «Person, Maske, Fiktion, Niemand». Unter dem Namen Pessoa schrieb er «Das Buch der Unruhe des Hilfsbuchhalters Bernardo Soares», unter den Heteronymen Gedichte und Oden. Unter jedem Dichternamen schrieb Pessoa je ganz anders charakterisierte Dichtungen, und alles hatte Weltgeltung!

Pessoa wurde in Lissabon geboren, wuchs in Südafrika auf, lebte dann aber meist in Lissabon. Geboren 1888, gestorben 1935.

Ich habe schon sehr viel von ihm gelesen, auch «Schriften zur Literatur, Ästhetik und Kunst». Zudem eine umfangreiche Biografie. Sein «Buch der Unruhe», 550 Seiten, ist ein Schlüsselwerk für die Literatur des 20. Jahrhunderts. Pessoa ist eine der schillerndsten Gestalten der Literatur. Seine Devise war: «Sei vielgestaltig wie das Weltall!»

Liebe Grüsse

Paul

20.11.21

Ich grüsse dich
FERNANDO PESSOA
über die Pyrenäen hinweg
an der fernen Küste

pg

Lieber Ludwig

Die Komponistin Sofia Asgatowna Gubaldulina, die Du nanntest, kenne ich nicht. Ich werde morgen im Internet nachschauen, auch auf Youtube. Bin gespannt!

Ich schreibe immer wieder wenige Gedichte, die ich, wenn sie den Papierkorb überleben, aufbewahre. Sie sind mein Existenz-Atem. Mein Schreiben ist *offen* auf alles – auf Geistiges, auf mich, auf Sterne, Menschen, Tiere und Pflanzen hin. (Aufs Heidnisch-Sinnliche, was ich auch göttlich nenne, mögen «Gottesgelehrte sagen, was sie wollen.) Der Geist west in den Kreaturen, gestaltgebend als lebende Kraft, als Allegorie, Darstellung eines abstrakten Begriffs in einem personifizierten Bild, als Lebenspuls gar. (Kanonisierte Schul-Lehrmeinungen interessieren mich nicht.)

Begriffe, eine Gesamtheit wesentlicher Merkmale in einer gedanklichen Einheit, der geistige abstrakte Gehalt, haben in der Kunst wenig verloren, insbesondere nicht in der Lyrik und Malerei, es geht ums je Konkrete, individuell Verknüpfte, entschieden um die eigne «Daseins-Schau», um das «Merk-Würdige» des Einzelnen. **Allgemeines** ist Papiermaché, formlos Eingeweichtes, Kasperlepuppenartiges, irgendwie infantil.

... das ist ja schon fast eine Einleitung zu (m)einer Poetologie, hahaa.

Ich geniesse es sehr, FREI zu denken, frei zu schreiben, frei zu gestalten, und ob das ankommt oder nicht, interessiert mich nicht. Was «in» ist oder nicht, ist mir egal. Es geht mir um Revokationen, ums zirkulierende *Grundwasser* der Seele, um den Zimtbaum, um die Träume des Knochenzünglers, um Harfenklänge des Kosmos – DAS ist Sein. Gesellschaftliche Disponibilitäten erachte ich als Schmarren, taugen für die Kunst nichts.

Klar, die Psychologie ist eine faszinierende Denkrichtung, grossartig – aber nicht für die Lyrik. Heute wird das in der Literatur blödsinnig vermischt. Da macht der Zackenbarsch halt nicht mit, basta.

In der deutschsprachigen Romanliteratur dominieren Eheprobleme, all das Miefe einer bürgerlichen

Zweierbeziehung, Erziehungstrostlosigkeiten, karriere-
bezogene Midlife Crisis usw. Diese Enge würgt mich,
geht mich nichts an.

Die *Polyamorie,* die zurzeit gesprächsweise auftaucht,
vergnügt mich, heisse ich prinzipiell gut. Das wird nur
für eine Minderheit möglich sein, für die Gesellschaft ist
das immer noch ein Tabu. Der Bünzli schnappt da nach
Atem ...

Ich glaube nicht, dass die Menschheit lernbefähigt ist.
Die vertrottelten Versteinerungen sind zu hart. Politik
und Religion halten den Menschen *kurz,* sie geben ihm
keine Freiheit. Und der Mensch ist es nicht gewohnt, sich
die Freiheit zu nehmen, die ihn «weiterbrächte». Er
kuscht in den blamablen Gewohnheiten. Er wiederholt,
redupliziert jeden Unsinn, jeden Mist, als wäre das etwas
Neues. Der moderne Mensch ist massenwahnhaft unter-
haltungssüchtig bedeutungslos geworden.

Milliarden Menschen schauen Fussballspiele. Dümmer
gehts nicht mehr.

In der 25-Millionen-Metropole Neu-Dehli sterben Hunderte, Tausende Menschen, weil der Smog zu arg ist. Der
Atem geht aus. Die Menschheit ist längst planetenweit
ins Pervertierte versunken. Das Giganteske ist DIE
Bedrohung. Doch man singt dazu Schlager. Jupii.

Ich bin kein Statistiker, doch ich denke mir, für Kunst
interessieren sich keine 0,0000000001 Prozent der
Menschheit.

Millionenfach stehen allüberall Soldaten zum Morden
bereit, das ist die Wahrheit.

Doch jetzt höre ich eine Messe von Haydn. Und es ist gut.

Samstag

Heute weiss ich nichts zu schreiben.

Da verbleibt mir nur, Dich ganz herzlich zu grüssen!

Paul

DIES ZU SAGEN
dass die Planetenbahn stockt
Meere und Städte brennen
Tiere und Pflanzen aussterben
der Mensch nicht mehr atmen kann
– dies zu sagen!

Georg Christoph Wagenseil, Konzert für Harfe, zwei Violinen und Cello

22.11.21

Lieber Ludwig

Für Marco habe ich wiederum ein lyrisches A4-Blatt gemacht, das ich in St. Gallen auf einem marmorierten Papier ausdrucken lassen werde und das dann in einen Bilderrahmen stecke, um es Marco zu schenken. (Ich schicke es Dir dann auch.)

Das Coronazeugs und Marcels schwere Krankheit bringen mich schon etwas aus dem Häuschen.

Meine Hausarztpraxis telefonierte mir, um einen Termin für die dritte Impfung festzulegen. Ich sagte ab. Impfen und impfen und impfen, bis kein Zeugs mehr hält. «Rettung» oder zusätzliches Covid-19-Virus-Gift, das mein Körper sonst vielleicht nie verarbeiten müsste – oder es im eignen Immunsystem wegstecken könnte. Ich vertraue der offiziellen Denkweise nicht. Regierung, Immunologen, Ärzte sind von der Verlogenheit durchseucht.

Diktaturannäherungen sind auch in Demokratien da (siehe Österreich). Die Schweiz ist auch nicht mehr weit entfernt davon.

Eine dritte, vierte, fünfte Impfung schafft nur neue Pharmamilliardäre.

Wie denkst Du da?

Seit Jahrzehnten stimmte ich nicht mehr ab, doch jetzt habe ich abgestimmt, NEIN für die Änderung vom 19. März 2021 des Covid-19-Gesetzes. Der Willkür des Bundesrates muss nun abgesagt werden! Der Bundesrat ist ein Volksfeind, das muss endlich gesehen werden.

Die militanten Auseinandersetzungen sind schlimm, doch ich verstehe sie. Was die Polizei verübt, sich gewaltsam anmasst, gehörte vor ein Kriegsgericht. Die Schweiz versagt total! Von Demokratie keine Spur.

Ich bin entsetzt.

Paul

Was kriecht
zu meinen Füssen?
eine Schlangenschleiche?
ein Gott?

24.11.21

Lieber Ludwig

Das Liebesgedichtebüchlein *«Wir schenken uns wild durcheinander uns»* macht mir eine riesengrosse Freude, der Umschlag ist so schön! Diese Gedichtflämmchen sind das, was ich wollte, suchte – und fand.

Du, Ludwig, hast nun in den letzten sechs Jahren 25 BoD-Bändchen für mich gemacht, das ist einfach grossartig von Dir. Ich bin Dir sehr, sehr dankbar. Ohne Deinen enormen Aufwand gäbe es «diesen» alternden Lyriker P. G. nicht. Mit Deiner Hilfe konnte ich mich nochmals zu einem Höhenflug aufmachen.

Das erfüllt mich mit einem tiefen Glück.

Jetzt kann ich kaum schreiben und lesen, ich habe Augenflimmern. Nun, das kenne ich auch von früher, hatte ich schon mehrmals. Es wird sich hoffentlich in den nächsten Tagen verflüchtigen. Dermassen erschöpft wie jetzt war ich eigentlich mein ganzes Leben noch nie.

Die grosse Belastung mir Marcel lässt mich kaum atmen. Doch ich habe mich entschieden, das «durchzuhalten». Geduldig zu bleiben und nervlich nicht durchzudrehen, ist für mich ein wahres Kunststück. Ich weiss nicht, ob das «aufgeht».

Op. 127 und 128 werde ich in wenigen Wochen als «Doppelsterne» verschicken, jetzt habe ich die Energie dafür nicht.

Ich freue mich unsagbar, ein Liebesgedichte-**«Durcheinander»** angezettelt zu haben: so schön!

Ich wünsche Dir nur Gutes und Liebes,

herzlich grüsst

Paul

25.11.21

Lieber Ludwig

Irrheiten, Wirrheiten in dieser Zeit, in den menschlichen Begegnungen.

Wie gehts Deinem Aphorismenschreiben? Ich nehme an, Du hast immer wieder brillante, inspirierte Gedanken. Deine Schöpferkraft ist absolut bewunderungswürdig.

Ich schreibe nur vereinzelt ein Gedichtelchen.

Wie schön ist die Welt, wenn man die Augen offen behält für die Schöpfung. (Nur der Mensch ist zu oft ein Misston.) Aber bei der «richtigen Perspektive» kommt alles ins Lot.

Ich L E B E solange ich lebe – das ist ja fast ein zackenbarscher kryptischer Aphorismus.

In welche Wunder eilt diese Nacht noch?

Ich wünsche Dir, lieber Ludwig, mit meinen tausend Herzen nur Liebes, Schönes, Gutes, Schöpferisches.

Paul

Lieber Ludwig

Ich danke Dir ganz herzlich für die fünf Geschenkexemplare meiner Liebesgedichte.

Die Covers aller BoD-Bändchen gefallen mir ausnahmslos sehr, sehr gut – doch die letzten zwei sind nochmals ganz besonders schön, gediegen. Ein Fest für die Augen. Danke, danke für alles!

Mein Liebesdurcheinander kommt von einer Polyamory meines ganzes Lebens her. Mein Liebeserleben hat eine sehr grosse Diversifikation zu Grunde, ich lebte liebes- und lustintensiv auf vielfältige, abwechslungsreiche Art, stets sich verändernd. Das nenne ich TREUE zu mir selbst. So ist das «Du» – ich schrieb auch schon davon – ein Vieles **in** und **ausserhalb** von mir, beides, oftmals geheimnisvoll ineins, immer sich wandelnd, verwandelnd.

Marco sind zwei Gedichte in *«Wir schenken uns»* expressis verbis gewidmet, doch er geistert durch manche Gedichte als «Hintergrund». *«ohne Grenzen / in deinen Armen».*

Aufgrund der drei mir heute Nacht geschickten Aphorismen kann ich annehmen, dass Dein aphoristisches Schaffen zu einer neuen Bravour, vollendeten Meisterschaft, aufzuschwingen sich anschickt. Ein paar Aphorismen müssen, wie gezeigt, unbedingt in einem Bild integriert sein, das wäre fabelhaft. Ich bin sehr gespannt!

Ich las heute Nacht Dichtungen von Alberto Caeiro (Fernando Pessoa): herrlich!

GUTEN SONNTAGMORGEN, LUDWIG.

Liebe Grüsse

Paul

Antonín Dvořák, Requiem für Solostimmen, Chor und Ochester, op. 89

28.11.21

In der Dichtung wollen Liebende auf dem höchsten Höhepunkt des Orgasmus, des Paroxysmus für den andern sterben – «ich würde alles für dich machen, sogar für dich sterben», wird gestammelt.

Mein ganzes Leben und Dichten steht für anderes ein! Ich kenne die schöpfungstrunkenste ekstatische Liebe, doch noch niemals sagte ich, ich würde für dich sterben. In der rasendsten Liebeslustentfesselung schweige ich – oder finde Wortfetzen wie «ich werde immer für dich LEBEN LEBEN LEBEN, I M M E R».

Tod, Sterben ist der Liebe total entgegengesetzt. Sterben gehört niemals zur Liebe. Liebe verwandelt sich in ein anderes Leben, das nichts als Liebe ist. Dem Liebenden kann nichts geschehen.

Liebe ist ein unbegrenztes **JA** zum Leben, zum Mikroplankton, zur Vierflecklibelle, zur Hummelorchis, zum Sternbild *Fliegender Fisch*, zum Baum, zum Wind, zu den Ozeanwellen, zum Menschen mit seinem Leid und seiner Lust.

In der «verrücktesten» Steigerung zu den Dingen und Lebewesen hin kann man nur LEBEN LEBEN LEBEN – niemals sterben. Das ist das Credo, Glaubensbekenntnis des Zackenbarschs.

Paul

1.12.21

Lieber Ludwig

Es sieht zurzeit ein bisschen so aus, als ob ich Prosatextchen zuwege brächte, die für mich etwas zu taugen befähigt wären. Locker, leicht, flimmrig, ungewohnt. Es strudelten bereits einige zusammen, gewichtlos, wie ich es wünsche. Das «Zeitgewichtige», was das auch wäre, überlasse ich frohen Muts Andern, ich begnüge mich lustvoll dem Verstrauchten, Sehnsuchtsaufquellendem, Nichteindeutigem, den Fasern des sich Zuneigens, sternheckig, dem Magnifikat der Lust, dem Resonanzkörper des Weltalls, Urkunden der Fantasie. Simsalabim!

Paul

2.12.21

Lieber Ludwig

Die äusserst eigensinnige Lyrik von Rainer René Mueller ist sehr stark und gefällt mir immer besser.

Ich wünsche Dir einen schönen Abend.

Liebe Grüsse

Paul

Lieber Ludwig   2.12.21

Das Elektroöfelchen, das Du mir geschenkt hast, strahlt
wohlige Wärme aus, ich brauche etwas Zusatzwärme
(bin seelisch, geistig, körperlich am Einfrieren).

Ich schaue
auf meine Gesundheit
trinke literweise Mirabellenschnaps
pg

Dies stellte ich meinem Brief an Marco voraus, der wird
sich köstlich amüsieren. Ich bin sehr glücklich, Marco als
Freund zu haben.

Jetzt höre ich Giacomo Meyerbeers grosse Oper «Les
Huguenots», sehr schön, sehr ergreifend!

Ich bleibe gedanklich, gefühlsmässig *weit weltoffen*,
auch wenn ich mich in meiner Höhle tief in die Kunst, in
die Musik, in die Literatur einigle.

Mein *reales* Leben ist schwierig genug, da MUSS ich
mir, um nicht zu ertrinken, einen künstlerischen
(Fantasie-)Bereich schaffen, der mich rettet. Mein Wesen
kann nicht nur zerschlagen am Boden herumkriechen, ich
muss und will mich immer wieder aufraffen in die
«Bodenlosigkeit des Aufschwungs», wo ich atmen,

92

aufatmen kann. Das ist für den Zackenbarsch nun angesagt. Es tut mir so gut, in denkerisch Ungewohntes aufzubrechen, Grenzen aufzuweichen, in vages perlenglänzendes Luzides, kurzes Narratives, das nicht so rasch festlegbar ist.

Da komme ich mir – meinem Denken, meiner Lebensauffassung – recht nahe, und das ist immer noch weit genug von mir entfernt, denn jede Annäherung ist auch ein Sichentfernendes, was mir aber sehr behagt. Sichfinden, Sichverlieren bilden eine unauflösbare Einheit, traumtief verankert, lebensliebebeseligend, existenzkonturierend.

Ganz herzlich grüsst

Dein Paul

10.12.21

Lieber Ludwig

Du hast mir gesagt, dass Du mir ein weiteres BoD-Bändchen machen wirst, wenn es so weit ist. Dafür bin ich freudig dankbar. Nun, es ist noch nicht so weit.

Mit Peer Gynt
durch Wälder streifen
  mit Rumpelstilzchen tanzen
    in der Hand Gottes träumen
      im Bauch des Wals singen
derart leben
l e b e n

Ich wünsche Dir herzlich einen schönen Abend.

Paul

10.12.21

Lieber Ludwig

Es vergnügt mich, «Prosatextelchen» zu schreiben in einer schwirrenden flirrenden Balance, das ist doch so schön, «sanft verrückt» zu sein, Pfeife zu rauchen, Chianti zu trinken, eine Mozart-Messe zu hören, dem Kerzenflackern zuwinkend, der «Vernunft» locker-ernst eine lange Nase zu machen. Die gravitätische Besserwisserei überlasse ich den strebsamen sich anbiedernden Clowns, die von der Gesellschaft Preise bekommen, was niemals mein Metier war und sein wird. Ich bin frei wie ein Fisch im Ozean oder ein Vogel in der Luft.

FREIHEIT GEHT MIR ÜBER ALLES!

Du teiltest mir mit, Dein Aphorismenband sei bereits auf dem Weg, welcher Weg ist das? Nach Norderstedt? Oder schon nach Rorschach? Meine Freude wuchs einfach, als ich das las. Jetzt in diesen schwierigen Nächten wäre es mir ein besonderes Fest, Deine Gedanken, Lebensumkreisungen, Ideenzusammenfassungen und Lebensausweitungen lesen zu können. Ich schaue täglich hochgespannt in meinem Briefkasten nach. Ich hoffe, die Pöstler begreifen das und sputen sich gehörig.

Ich wünsche Dir ganz herzlich einen schönen, guten Abend.

Dein Paul

Ludwig Weibel als Lyriker, esoterischer Botschafter des Seins, Pendelbilderfinder, mystischer Holzwürfel-gestalter, Pianist, CEO der Wirtschaft, Frauen-modebewusster: was für ein ungewöhnlich reiches Leben. (Ich kenne längst nicht alles von Deinem Leben.)

Nochmals: grüssestens!

Paul

Nichtwissen

Das Nichtwissen ist etwas Bedeutendes, Überzeugendes in der Flirrerei des Wissens, das sich durch die Jahrhunderte angestaut hat und jede freie Sicht über die millionenvielfältige Schöpfung verhindert, gesichert ist vielleicht nur die Ungesichertheit, das Luftgeistige, das sich nicht einfangen lässt in Denkkategorien, der Traum ist die Wirklichkeit eines Traums, Landschaften verändern sich, wild wuchernd, steppenartig, da gibt es nichts einfürallemal Festzulegendes, wir wissen nicht, ob auf diesem Planeten noch lange zu atmen sein wird, mit allem Wissen rasen wir auf den Untergang zu, noch tanzen Wolken im Wind, das hat nichts mit Wissen zu tun, wir wissen wirklich nicht, wies weitergeht, es ist fürwahr keine schlechte Sache anzunehmen, es sei gesagt, dass das Wissen, weil es nur Irrtümer und Untergangsbedrohliches verfestigt, ausgespielt hat, es sei gesagt, nur im Nichtwissen, das offen wäre für alles, gäbe es einen Neuanfang des Denkens, des Liebens, des Lebens, dies wäre zu wagen.

Dunkel und hell oder wie

Ob es nun *dunkel und hell war oder wie*, lässt sich, wie alles, wenns wichtig wird, nicht mehr eindeutig sagen, die einen halten *dafür*, die andern *dagegen,* ich halte mich mit einer Stellungnahme zurück, obwohl ich imstande wäre, dazu einige Erklärungen abzugeben, die jedoch, das weiss ich zum Voraus, niemanden interessieren würden, ich selbst interessiere mich im Grunde auch nicht um Helligkeitsunddunkelgrade oder wie, es geht nicht darum, es geht um ganz Anderes, und da wäre es vonnöten, zum Beispiel vom Abströmen der Sonnenmaterie in den Raum, der vor deinen Füssen liegt, rappelnd zu sagen oder von Heliumbrennzonen im Innern der Sterne, in der Annahme, jemand hätte diese schon besucht und könnte Kunde davon machen, wovon aber fürwahr nicht zu behaupten ist, in den unteren Ablagerungen der Gesteinsschichten des Waldbodens fehlt *dunkel und hell oder wie,* das ist nicht diffus zu nennen, sondern eine ungemütliche Kalamität, viel lieber spräche ich vom Kopfschmuck einer weiblichen griechischen Gottheit, auf den die Sonne scheint, oder von ein paar Mondborsten, die sich darin verfangen haben.

Zu denken

Ich dachte mein ganzes Leben, dass es viel zu denken gäbe, auch wenn die untergegangenen Völker nichts hinterliessen, was zu denken Anlass geben könnte, sie verschwanden einfach in den Wellen der Zeit, was beileibe nicht das Dümmste war, was sie tun konnten, dennoch denke ich mir, Jahrtausende überspringend, dass die heutige Zeit, die kaum was Bemerkenswertes aufzuweisen in der Lage ist, dennoch, wenn man nur suchte, Anlass zu denken fähig sein könnte, nur komme ich jetzt in eine rappelnde Notlage zu sagen, was das sein könnte, in allen Himmelsrichtungen stelle ich nichts fest, worüber sichs zu denken lohnen liesse, es ist alles gehupftwiegesprungen, das denke ich immerhin, auch wenn ich weiss, das ist sehr wenig, hat nichts mit Denken zu tun, dennoch tue ich so, als würde ich weitersuchen, was weiterzudenken wert wäre.

Franz Schubert, Concertstück (D 345)

Chiantitrinkend, haydnhörend

Lieber Ludwig

Die kaleidoskopischen Farben machen das Leben aus.

Als ich russische Mönchsgesänge hörte, kam ein wunderschönes SMS von Marco: was für ein liebenswerter Mensch!

Marcel und ich haben wieder mal zusammen zu Nacht gegessen, er erzählte viel und lachte immer wieder. Wie schön!

Du schicktest mir eine Auswahl Deiner neuen Gedanken, ich las sie zweimal. Es ist ein Ereignis, wie es Dir gelingt, sehr plastisch – wortbildhauerisch fein gemeisselt, präzis geformt Geheimnisse umkreisend und annähernd – den Geist eigenwillig in Deiner ureigenen Sprache darzustellen.

Ich habe heute intensiv an meinen neuen Gedichten gearbeitet, das heisst: verworfen und gekürzt.

Liebe Grüsse

Paul

14.12.21

Lieber Ludwig

Du hast schon viele Hunderte Aphorismen veröffentlicht – geniale, Sinnsprüche, feinfühlige, Maximen, exquisite, sagenhafte (…) – und jetzt eben «inspirierte». Das ist ein Denkfest der besonderen Art! Deine Aphorismen sind wie die Quintessenz Deines gigantischen Werks. Ich müsste da etwas Koan-nahe sagen, auch in der Abweichung meines Denkens zu Deinem Denken fühle ich mich Dir geheimnisvoll nahe. Du stülpst keine Dogmen über das Irren und Wirren des (kleinen) Menschen, Du lädtst zum bessern, «höhern» Sein ein, liebend sanft und verstehend. Das ist existenziell (ein Wort, das Du nie gebrauchst) wunderschön, seelen- und geisttreffend.

Meine Existenz ist nicht denkbar ohne Waldohreule, ohne den Blauen Antennenschilderwels, ohne die Weinbergschnecke, ohne die Goldtaubnessel, ohne Eridanus, ohne Mozart, ohne nackte Körper, ohne Rilke, ohne Wein und Pfeifen, ich liebe den GEIST in den feingespinstigen Embrassierungen der Nächte. Da muss ich nicht *glauben,* da ich LEBE, LEBE, LEBE. Ich bin halt kein Denker, sondern ein Lüüriker, voilà.

Schön, dass Du jetzt, Lu, schmunzelst.

Abbreviaturen, Ausweitungen, irreführend, einmittend. Die Lebensskala ist weit offen. Chiantitrinkend, haydnhörend. Deine Aphorismen kommen von weit, gehen ins grenzenlose Herz. Das ist überwältigend. LA JOIE DE VIVRE. Quel mystère.

Dein Geist ist sehr «hoch», ist da nicht die Gefahr, dass er den sinnlichen Menschen «hienieden» etwas verpasst?

Ich sehe bereits jetzt, dass Dein neuer Aphorismenband veranlagt ist, ein GROSSES WERK unserer Epoche zu werden. Auch wenn Du wenig sinnlich bist, im GEIST übertriffst Du weiterhum Bekanntes. Es gilt, Dich mit dem Mass zu messen, mit dem Du Dich selber misst. Das zählt! Deine philosophische und im unerschütterlichen

Seinsglauben verwurzelte Weltlebenssicht, Seinsschau ist absolut einmalig.

Paul

14.12.21

Dein wuscheliges Haar
wie Wind
im Kirschbaum
    sich kringelnder
    SOMMERSONNENTANZ
        pg

16.12.21

Luftblasenakkorde
    doldenrispig
        tanzend
in der kleinen heissen Hand
        pg

Lieber Ludwig

Ich versuche, die Feiertage mit Marcel schön zu gestalten (man weiss ja nie, wanns zum letzten Mal ist). Es ist alles ungewiss …

Ich freue mich riesig auf die Gesamtheit Deiner «inspirierten Aphorismen». Hoffentlich ist dann meine Leseaufnahmefähigkeit auch «inspiriert», sapperlotnochmals. (Ich glaube schon.)

Ich nehme an, dass Du die Nachtdiktate weiterhin notierst. Ist das so? Du kannst ja nicht anders als im «Dienste des Seins» schöpferisch sein.

Bei mir haben sich die Schleusen fürs Gedichteschreiben wieder voll geöffnet. Ich sehe mich in einer guten Balance von Entwerfen und Verwerfen. Die neuen Gedichte werden ein bisschen anders als im Liebesgedichtedurcheinander, doch sie sind ihnen nahe, was ich sehr gut finde. Es gibt wiederum Liebes-gedichtelchen, doch es gibt auch eher zugriffigere andere, was mir, beabsichtigt, recht ist. (Doch ich trete nirgends aus dem «gisischen» Kreis heraus.) Ich hoffe, ich hab jetzt nicht zu vollmundig gezackenbarschlet.

Bei meinen «intellektuellen» Prosaskizzen habe ich neuerdings eher Mühe, sie gehören gewiss zu meinem Denken und Schreiben, doch eher am Rande. Meine grosse leidenschaftliche Liebe gehört wesens-kernverschlungen der Lyrik. Dir ist das bewusst. Doch ich bleibe für mein neues Buch beim Triumvirat *Gedichte, Kurzprosa, Sätze*. Diese «Dreiarmigkeit», Dreistimmigkeit wird (künstlerisch) schon für mich einstehen.

Wenn ich versuche, Dein philosophisches Gesamtwerk zu überblicken, überfällt mich ein angenehmer Schauder. Es ist **gigantisch**. Du schreibst tief aus Dir heraus, verbunden mit dem, was Dir im «Grössern» aufgetragen ist, das ist absolut geheimnisvoll. Das macht mich *staunen*, da verneige ich mich, sprachlos, echt. Ich liebe Dein Werk; meine unmassgebliche partielle «Kritik» ist marginal. Sie sagt eigentlich nur etwas über mich selbst und kaum was über Dich.

(Nebenbei: das Copyright vorne in Deinem Buch ist aufs Jahr 2020 datiert, ich nehme an, das ist ein «Verrutscher», zählt nicht.)

In fast allen meinen Büchern gibts immer wieder Fehler. Henu. In *«Wir schenken uns wild durcheinander uns»* habe ich auch beim zweiten Durchlesen keinen Fehler entdeckt, ha! (Hoffentlich ist das so, wenn nicht: machte auch nichts.)

LIEBE überwände jeden Sprachfehler.

Fürs neue Buch strebe ich auch eine Nullfehlertoleranz an (verzwicktzwacktnochmals), doch es ist kein existenzielles «Weltgepräge», hahaa.

Wie fasst Du Deine genialen Pendelbilder für die «Nachwelt» zusammen? Planst Du kein Buch mit 500 Pendelbildern? (Wäre das zu teuer?)

Du wärst zweifelsfrei ein eigenes Kapitel in der Kunstgeschichte. Es gibt zu Deiner grafischen Kunst keine Annäherung. Es gelang mir leider bisher nicht, adäquat zu sagen, was dazu wichtig, treffend ist. Mir fehlen da die Worte. Ich habe dazu auch das Wissen nicht. Ich sehe, erlebe, spüre einfach, dass Deine Pendelbilder etwas vom Grössten sind, was heute künstlerisch geschieht. Da zauberst Du eine kosmische Harmonie hervor (die das Wort nicht leisten kann).

Schrift und Bild sind bei Dir eine faszinierende Einheit. Das wird noch gesehen und anerkannt werden.

Mögen wir uns im Januar oder Februar einmal bei einem Imbiss (irgendwo) persönlich treffen, ich sehne mich danach. (Virusschlachten hin oder her.) Wir tun dann einfach so, als wäre die Welt in Ordnung – und lachen.

Ich lese viel, sehr viel, höre fast nur Mozart, trinke Côtes-du-Rhône, rauche «Cherry Liqueur»-Tabak; Marcel, diese liebe Seele, kaufte heute bei Wellauer süsse Cigars, die er mir schenkte, ach, das Leben kann so schön sein. (Ich bin kein Asket, sondern Lyriker.)

Es gibt immer wieder (flüchtige) «Momentchen», wo ich erfahren darf, dass Marcel mich mag. Das ist so schön!

Wie «alles» weitergeht, weiss ich nicht.

Von Marco hörte ich nun zwei Tage nichts (ui, das kommt mir lange vor), doch bei ihm kann ich ruhig sein, er steht zu mir und wankt nicht. Unsere Freundschaftsliebe hat eine Tiefe erreicht, die *weit* trägt. Wir lieben uns sehr. Was für ein Glück!

So, nun muss ich ins Bett, meine Energien sind begrenzt. Mein Herz spielte auch schon verrückt, macht nichts. Das Leben geht weiter.

Ich wünsche Dir, Ludwig, nur Liebes und Gutes.

Ganz herzlich grüsst Dein Paul

25.12.21

«Ich denke gern in Zusammenhängen, auch wenn es keine gibt.» pg

Lieber Ludwig

Nun fehlen nur noch wenige Seiten, dann habe ich Dein Aphorismenbuch zu Ende gelesen. Es hat viele, viele

Sätze, die mich ansprechen, die mich auffinden. *«Das Prächtige im Keimen»* ist ein Buch von Dir, das ich ganz besonders mag. Du bietest sehr viele Gedanken, die beherzigenswert sind. Sie sind SEINSBEWUSST und gleichzeitig MENSCHENBEWUSST, ich finde das schön, ergreifend. Da hast Du Bestes aufgezeichnet.

25.12.21

//: Währungseinheit
    in meiner Art
DENK//
   – – : VERSCHLUNGENHEIT
runenzeichenhaft markiert
       sprach-/:gehisst
         wie ein BERYL
  ergriffen ergreifend
V I O L I N H A L S S C H L A N K
    tänzerischer Luft:sprung
     rahsegelgeschwellt

Das Oboenkonzert
    in den Nacht/sturm:fetzen
      //: bleibt ungehört
es rudeln sich Atem zusammen
    WILD
       durcheinandergehetzt
        IRR :: WIRR
//: hinter den brennenden Grenzen ://

Meine neuen Zusatzzeichen mögen zu Beginn gewiss befremden, doch sie werden schon ankommen … Dieses eigenwillige Formale ergibt sich wie notwendigerweise (hahaa) aus dem Inhalt. Ich bin schöpferisch ganz vergnügt. (Brr, es kann nicht anders sein!)

Ich habe Dein Aphorismenbuch zu Ende gelesen: bis zuletzt ein Weibelscher Kosmos. So gut!

Liebe Grüsse Paul

Luigi Boccherini, Cellokonzert No. 1

26.12.21

Die «./.eulen::äugigen»-Gedichtnotate beschäftigen mich intensiv. Très bon! Das ist potzblitz in sich stimmig und NEU.

Wie geht es Dir, Fürst im Fürstenland?

Ich wünsche nur Gutes.

Herzlich grüsst Dein Paul

1.1.22

Ein Neujahrsgruss mit Nelly Sachs:

"Zuweilen wie Flammen
jagt es durch unseren Leib –
als wäre er verwoben noch mit der Gestirne
Anbeginn.

Wie langsam leuchten wir in Klarheit auf –"

Deine Spruchbilder sind unverkennbar Weibel, das
überzeugt und ist sehr schön.

Ich wünsche Dir stets mit Dank erfüllt nur Gutes, lieber
Ludwig.

Paul

                                                    1.1.22

IM RAUSCH
        der Moor..//
                      beere
                trunken
                            ver-
                              .../versunken
singvogel:irr
        verwirrt in der eignen Schönheit
                /. des Lieds
HIMMELGEWIMMEL
        LUSTEKSTASE
– – –: zum Ende zu s a g e n
                ::all::dies
                            bis hin
        ins fiebrige Schweigen

Im Löwenzahn
funkelt
/ – sonnengleich

Haydns *Missa*
in tempore belli

Dein Körper
    funkenlinig
     eine Licht./kurve
spektralfarbenaufgefächert
       in der Höhle
     des Zackenbarschs
ICH ENTFLAMME IHN
MIT KÜSSEN

pg

4.1.22

Lieber Ludwig

Dass bei mir ein heidnisches Element – Daphne- und Dionysos-nah – ist, darf erkennbar sein. Dazu stehe ich existenziell vergnügt. Es sind WELTEN, für mich wunderbar applifizierend. Ins *moderne* Ausgeliefertsein transportiert. Biologie (Zoologie, Botanik) und Astronomie vereint in den geistseelischen philosophischen respektive existenziellen lyrischen Bedingungslosigkeiten und Einmaligkeiten.

Du weisst, was schon einmal gesagt wurde, mag ich niemals.

110

Das BILD des Lebens muss stets unheimlich neu fremd wirken, um menschennahe zu sein. Ansonsten kann man Werbung für Zahnpasta schreiben. Hahaa!

Heute mache ich die dritte Impfung, diesen Booster. Ich habe ein Unbehagen. Gewiss ist, in diesen berechtigten oder nicht berechtigten Impfwahnzeiten ist es für mich die LETZTE Impfung, dann steige ich radikal aus dieser «Vernunft» aus, basta. Eine vierte oder iks wievielte Impfung lehne ich kategorisch ab, das kanns nicht sein!!! Ich LEBE, dieses Virus kann zum Teufel gehen. Wenn es mich nicht mehr leben lässt, dann halt *finis*. Ich ertrage all diese «Gescheitheiten» darüber NICHT mehr.

Du weisst es, ich hätte eine grosse Freude gehabt, Dich zu treffen, Du fehlst mir. Doch mit meiner letzten Restvernunft sage ich jetzt, warten wir zu, gehen wir kein Risiko ein, ja? Was meinst Du?

Nach der zweiten Impfung hatte ich stundenlangen Schüttelfrost und Schweissausbrüche, wie wird es nach dieser dritten Impfung sein? Mein Unbehagen ist gross.

(Wir werden vom Staat, von den Virus«spezialisten» schamlos, korrupt angelogen. Sie werden reicher und reicher, c`est tout.)

Mit Marcel zu leben ist wunderbar, er ist reifer, sensibler geworden. Doch die kleinste «Verschattung» wirft ihn wieder zurück. Aber ich bleibe zuversichtlich, brr. Vielleicht spürt er langsam, langsam, langsam, dass ich ganz auf seiner Seite bin. Es ist alles ungewiss. Doch mein Boden unter mir wankt nicht. (Mindestens vorläufig.)

Dass Du Dir die Zeit nicht nehmen willst, dezidiert auf meine Gedichte, die ich Dir nachts schreibe, einzugehen, verstehe ich, billige ich. Klar. Das erwarte ich auch nicht. Du meldest Dich dann schon, wenn das Gesamt vorliegt. Gut. Ich bin damit restlos einverstanden.

Dann und wann schicke ich Dir die Gedichte auch etwas verfrüht, wo der letzte Schliff fehlt. Manchmal kürze ich später um eine Zeile, das ist wesentlich.

Schön, dass es Dich gibt, Lu.

Ganz herzlich grüsst

Dein Paul

7.1.22

Lieber Ludwig

Die Booster-Impfung (die dritte also) hat mich recht drangenommen: zwei Tage und Nächte Kopfweh, Appetitlosigkeit, abwechselnd Schüttelfrost und Schweissausbrüche.

Unabhängig davon hatte ich grosse Knieschmerzen, konnte kaum gehen (konnte auch nicht einkaufen).

Ist dieser Spuk bald vorbei?

Ich schrieb ein paar höchstderoselbst verwunderliche Gedichte, das lasse ich mir nicht nehmen.

Liebe Grüsse

Paul

Johann Nepomuk Hummel, Mass. Op. 80

Das lässt sich nicht mehr sagen

Obs eine Wiederholung, Veränderung, Verwandlung
war, das lässt sich nicht mehr sagen, es schien wie *neu*,
nur beim nähern Betrachten schien es wiederum *alt*,
wobei zu sagen nicht unterdrückt werden darf, dass es
keine Position gab, von der man etwas Gesichertes zu
proklamieren sich einbilden dürfte, es war ein
Hinundher, was den Anschein erweckte, dass es sinnlos
sei, was aber wiederum ein voreiliger Schluss sein dürfte,
das lässt sich nicht mehr sagen, und ob oben wirklich
oben war und nicht unten, dafür will ich nicht
einzustehen mich einbilden, das ist mir zu riskant, da
lasse ich die Finger davon, kehre mich um und sage lieber
nichts mehr.

Andersherum nicht

Die ganze Situation als verrückt zu betrachten, fiel mir
nicht ein, ich dachte eher, wie banal alles sei, die Sonne
ging auf und unter, wie sich das schon wacker lang
gehörte, du versuchtest folgerichtig, eins ums andere zu
lösen, was nicht aufgehen konnte, da nichts
Folgerichtiges bekannt war, man konnte noch so lange
nachdenken, es blieb arg verzwirbelt, hiebundstichfest
unauflösbar, was mich freute, denn sogenannte Lösungen
haben mehr mit Kurzschluss zu tun als mit sonst etwas
Nützlichem, das sage ich als Fachmann des Lebens, doch

mir da einzubilden, etwas Fachmännisches gesagt zu haben, fällt mir natürlich im Ernst nicht ein, ich bleibe gelassen ratlos, andersherum nicht.

Rabuzzinzeleien

Als es
im Kopf
zu donnern begann
verzog ich mich
in den Schutz
einer Wasserrose

Im Traum
hab ich
den *Berg der sieben Stufen*
erklommen

Abends
sassen wir zusammen
und glaubten
wir hätten uns
tagsüber
verstanden

13.1.22

Lieber Ludwig

Mein Buch „Milchstrassenstaub das unbekannte
Zeitmass" hat nun nur 48 Seiten anstatt 52; ich löschte
die Kurzbiografie, die ist hinlänglich bekannt, setzte
unters letzte Gedicht (in 10 Punkt) einfach Homepage-
und E-Mail-Adresse.

Ich bitte Dich dann zu kontrollieren, dass das Buch wirklich auf Seite 48 aufhört (die leeren Seiten fand ich überflüssig).

Das BoD-Büchlein habe ich bereits korrigiert, es gab nur allerkleinste Korrekturen. Du hast alles perfekt in die Verlagsform gebracht, dafür danke ich Dir sehr herzlich. Es wird jetzt wohl fehlerfrei sein, huch, doch ich werde morgen alles nochmals ganz genau lesen (damit, sprachlich gesehen, wirklich kein Haar in der Suppe ist.)

Heute war ich in St. Gallen, druckte auf marmoriertem Papier Gedichte für Marco aus (ach, warum schrieb er mir gestern ein sooo liebes SMS?), kaufte auch zwei Bilderrahmen, einen gebe ich ihm, den zweiten hänge ich bei mir auf. Ich schicke Dir bei Gelegenheit per Post meine Gedichte an Marco.

Das Leben kann schön sein!

Ich danke Dir, Ludwig, für Deine Arbeit für mich; Du – und alles – erfreuen mich zutiefst.

Liebe Grüsse

Paul

Soeben kam Dein schönes Bild.

23.1.22

Lieber Ludwig

Ich danke Dir ganz herzlich, dass Du mir ein paar ganz konkrete Sächelchen aus Deinem Leben mitgeteilt hast;

das KONKRETE interessiert mich immer sehr. Es schafft Konturen.

Dass Du dem Restaurant Freihof drei Pendelbilder verkaufen konntest, freut mich riesig. Das finde ich sehr gut, sehr schön.

Wie geheimnisvoll, Deine sekundengenauen siebenminütigen Nachtdiktate. PHÄNOMENAL. (Das ist auch eine sehr erstaunenswerte Esoterik.)

Sehr, sehr schön Dein Bild, das Du mir schicktest.

Du überragst in Deinen Schriften den kleinlichen Zeitgeist, der leider dominant ist. Und Deine Bilder, ich tönte das schon mal an, finde ich eher noch grösser, weitgespannter; der Kunststellenwert wird in zukünftige Zeiten ausstrahlen. Da vollendet sich wie bei Mozart *Absichtslosigkeit*, da belehrst Du nicht mehr, sondern die Form vollendet sich in sich selbst.

Auf jeden «Satz» kann ein «Gegensatz» gefunden werden, Deine Pendelbilder schwingen sich aus, rhythmisch weit ausgreifend in sich ruhend in den «Gesetzen» des Universums. Das geschieht mit Dir zum ersten Mal in der bildenden Kunst. Gottgewollte Harmonie, ohne dass man das sagen müsste. Zutiefst kann man da nur staunend schweigen und sich berühren lassen. (Kein Denker kommt da Deiner Höhe gleich.)

Burckhardt lese ich zurzeit gern, doch es würgte mich, als ich mitbekam, dass er als Präsident des IKRK den Holocaust niemals verurteilt hat.

Und bei seinem Briefwechsel mit Hofmannsthal, den ich einst mit Begeisterung las, scheint für viele Literaturwissenschaftler der Verdacht da zu sein, dass er manche Briefe Hofmannsthals selbst geschrieben habe, dass sie gefakt sind. Es gibt oft keine Belege, dass sie Hofmannsthal geschrieben habe.

Es ist auch erwiesen und belegt, dass er manchen bekannten Zeitgenossen Zitate in den Mund legte, die diese niemals gesagt haben. Das Leben eines Diplomaten baut sich immer auf Lügen und Feigheit auf. (Sonst würde er Pfründe verlieren.)

Das schmälert meine Leselust auf ihn. Seine Erkenntnisse sind manchmal genial, doch oft auch einfach schönfärberisches Geschwafel.

Wo sind E C H T E Menschen, die nicht lügen? (Es gibt sie wohl nicht.)

Wir sehen es jetzt penetrant, wie diese medien-geilen Virus«experten» Stuss mitteilen und sich dabei mästen. Und alle Spitzenpolitiker, Spitzenbankers sind korrupt, kriminell.

Als Lyriker bin ich nicht derart, dies nicht zu sehen. Es ist systemimmanent unmöglich, die politische Karriereleiter hochzuklettern, ohne dass man schmiert und geschmiert wird. Kein Politiker hat eine reine Weste, das ist per definitionem unmöglich.

Als Menschen sich zu umarmen, da wir ja alle auf diesem Planeten sind – davon sind wir weit entfernt. Es wird nie sein, da der Mensch die Zerstörung in sich trägt.

Du, Lu, hältst mit Deinen Schriften unermüdlich dagegen an, das ist bewundernswert. Darin liebe ich Dich auch. Du bist Botschafter des Guten, akkreditiert vom Sein, von Gott.

Du bist eine absolut überzeugende Welteinmaligkeit.

Dass Gott gut ist und kein Dämon, ist (für mich) berechtigt zu fragen. Für Dich gibt es diese Frage nicht, Du bist in Deinem Glauben seins- und gottsicher, Gott als das Gute. Dafür steht Dein ganzes Leben ein. Daran rüttle ich nicht (es wäre Dir auch gleich). Ich bin auch fürs Gute – doch es gibt das menschheitsgesamtlich nicht ausser in der individuellen Liebe.

In der Liebe zu einem Kranken, zu einem Freund, zu einer Freundin. Zu einem ganz konkreten Menschen in seinem Leid.

Manchmal weine, weine, weine ich über das Leid der Welt. Habe grosse Angst um Marcel, der unendlich liebenswert ist und der immer wieder im Finstern versinkt.

Mein neustes Büchlein beginnt mit dem ganzseitigen: *«Ja! zum Leben»*. So soll es sein.

Das ist gegen alles mein Credo.

Herzlich grüsst

Paul

24.1.22

Am Abend
noch das Gleiche
zu denken
wie am Morgen
finde ich
überflüssig

Geschichtliche
Grossereignisse
sind bloss
Konfetti
für die Gegenwart

Dies zwei Notate für «Im dunklen Fischauge das Licht
erkennen». «Einfälle», mein nächstes Büchlein.)

23.7.21

Vor / hinter / über / unter
dem Topos
das befreiende Chaos –
// das Verwilderte // das Unerwartete //
: DAS FERNE ZEITMASS

Lieber Ludwig

Ich verpasste den Gedichten eine individuell eigenwillige
formale moderne Währungseinheit ganz nach meiner
façon de parler, Sprach- resp. Denkverschlungenheit,
dadurch werden sie konziser, eigenhändiger, lese-
überraschender. Meine Lyrikhandschrift ist seit
Jahrzehnten unverwechselbar gisisch, nun habe ich sie
noch etwas runenzeichenhafter markiert, sprach-
segelgehisst in einen neuen Wind gehängt in einer neuen
Formtinktur, nahe Seelenungewittrigem; das existenziell
Liebeswahntolle macht sich immer wieder auf zu singen

wie ein Morisca, mässig schneller, meist mit Schellen an den Füssen getanzter pantomimischer Tanz, in sich aus sich heraussprengend, hummelblumig, antennenwelsvergnügt, interstellar farbekstatisch. Und da musste ich formalästhetisch nachziehen! Diese FREIHEIT habe ich anvisierend gefunden! Das Formale muss wie ein Beryll sein: glasklar, verschiedenfarbig. Die Reflexion muss liebesatmend sein, abgekühlt aus dem Schmelzofen, eine schwindelerregende Leichtigkeit haben. Das Längstbekannte ist bloss ein Trugbild, es geht um Verwandlungen, Umformungen, Neuformungen. (Sonst soll man Schuhe besohlen.)

Als Lyriker werden mir meine Prosaminiaturen und Sätze unwichtig (obwohl sie auch zu mir gehören). Das Beste kann nur meine Lyrik liefern! Mit den Gedichten *«Das unbekannte Zeitmass»* will und werde ich nochmals einen Höhepunkt meines lyrischen Lebens erreichen wollen, hoffentlich ist mir die Lebenszeitspanne dafür noch gegeben. Das Gedicht ist mein Lebensaten.

Jetzt habe ich fünfzig neue Gedichte. Das ist mir zu wenig. Ich will noch vieles ausloten, mich Unwägbarkeitlichem annähern, «Zeitbedingtes» am «Ewigen» messend, mit rötlichvioletten Weidewegerichstaubfäden, violinhalsschlank, tänzerischem Luftsprung, rahsegelgeschwellt, mit Steppenzonen, Kumuluswolken, Flusstallandschaften der Träume, das Alltägliche langweilt mich.

**Mily Alexeyevich Balakirev,
Klavierkonzert No. 1, Op. 1**

Nun bin ich 72-jährig und erlebte ein stürmisches Jahr wie nie zuvor, viel, viel Schmerz, viel, viel Freundschaftsliebe.

O Ludwig, das Leben. Es ist nicht unbedingt «freundlich». Wo ist der «Seinsgeist» bei einer seelischen tödlichen Verletzung? Wenn die Seele tödlich verletzt ist, versagen alle Worte, mögen sie noch so gutgemeint sein.

Kunst, die einem Menschen nicht hilft, ist überflüssig.

Ich bin Künstler, setze fast alles auf meine Kunst, ist das überflüssig?

Du kommst mir manchmal vor wie ein Heiliger.

Ganz herzlich grüsst Dein

Paul

./.eulen::äugig
   die Doppelsterne
      malachitgrün
     der Seerosenteich
STEIN WORT MYRRHE
    in der Verlorenheit
      sphinxisch
urhügelig:urgewässert
    anfang//los
    in der Verwandlung

Ich war bei Marco, brachte ihm *«Wesensverwandt in den Entfernungen»*, auf Seite 16 ist ein Gedicht ihm gewidmet.

Lieber Ludwig

Wie lebhaft anmutig, dynamisch und doch in sich ruhend Dein neustes Pendelbild. Gefällt mir sehr.

Die «Verbindungen» zwischen Deinen Pendelbildern und Deinem Schreibwerk sind natürlich gegeben. Wo Dein Schreiben ein bisschen in Gefahr ist, «zu schwer» und im Belehren vereinzelt ein klein bisschen aufdringlich und auf Andersdenkendes ausschliessend zu wirken, entfalten sich Deine Bilder in einem reinen Kosmos, absichtslos mozartisch sinfoniefantasievoll, ich bin begeistert.

Deine Texte verraten ein Feuer in Dir, den Menschen besser zu machen, wie er ist. Das ist grossartig. Kann aber auch beunruhigen, da Du den Menschen dorthin bringen willst, wie Du es siehst.

Du komplettierst, lückenschliessend, ergänzt das «Malaise MENSCH» durch Rat und Tat und bildnerische Kunst, mit Komplementärfarben des Seins, verbal nicht immer freiraumschaffend, sondern auch einschränkend. Das ist Deine denkerische Freiheit. Die nicht jedermanns Sache ist zu teilen. Doch Du bist in jeder Wendung authentisch, das überzeugt. Und Deine Dich selbst beglückende Heiterkeit ist grossartig (wenn auch nicht auf jeden Menschen übertragbar).

Es ist ein hieb- und stichfestes Erlebnis, Dich zu lesen. Dein Schreiben ist ein Hohelied aufs gute, gottgläubige Leben, eine Interpretation des Universums, ein mäandrierender Leitfaden, eine Moräne, eher eine Luftgeistigkeit, manchmal auch wie ein Regress, ein Zurückkommen auf «Menschheitsschulden» des Einzelnen. Bei Dir ist alles klar, da gibt es nichts Schimmliges. Das überrascht mich immer wieder. Der Sinanthropus scheint mir aber etwas komplizierter.

Deine vieltausendfache Wortinstrumentierung für Dein Anliegen ist absolut beeindruckend. (Verzichte einfach auf Extravaganzen, sie schaden Dir.)

Auch Dein neues Buch hat Überlichtgeschwindigkeit, das ist Genie. Ein bisschen blendest Du die Verwandlungsfähigkeit des Lesers aus. Verbünde Dich ruhig ein bisschen mehr auf die Freiheit und Verwandlungsverantwortlichkeit des mündigen Menschen, der keine Wegweiser braucht.

Du bietest «Erkenntnis» an. (Oftmals aus Gedankenkonzepten des 18. Jahrhunderts.) Das ist hochinteressant. Gibt es nicht auch Erkenntnis in einer Flussseeschwalbe, im Auge eines Dornwels, in der Blüte eines Sumpfstorchschnabels? So spricht, singt halt ein Lyriker meiner Art, ich bin kein Esoteriker. (Das Anthropozentrische ist nicht meine Ausrichtung.)

Da kennen wir uns ja. Bon.

Erkenntnis kommt nicht nur durch *geistige* Verarbeitung zustande, sondern wesentlich auch durch die Fähigkeit, **Leben** in seiner Gesamtheit zu erkennen, und Leben <u>ohne</u> Sinnlichkeit gibt es nicht.

Esoterik hat mit mystischen, religiösen, philosophischen, ästhetischen Geheimlehren zu tun, Lyrik einfach mit den offnen, farbigen, melodiereichen, lebenslustsparrig verzweigten, schmetterlingblumenblühenden, antennenwelsartigen Träumen IM GESANG. Gedanken bleiben Papeterie (erster Stock, Ansichtskarten).

Dass Du anders denkst, ist doch gut, Du.

Ganz herzlich grüsse ich Dich, lieber Ludwig.

Salü. Dein Paul

Pjotr Iljitsch Tschaikowsky, Sinfonie No. 6, Op. 74 (Pathétique)

12.12.21

Lieber Ludwig

Danke, danke für Dein gutes Mitteilen.

Für mich sind Gedichte mit sieben oder mehr Zeilen oftmals schon zuviel Worte, zuviel gesagt, die Kürzestgedichte sind mir selbst am liebsten. E I N Einfall und fertig. Das längere Durchkomponierte ist nicht meine Sache.

Auch als Lyriker komme ich eben auch immer wieder zu Kurzprosa und «Sätzen». Meine «Sätze» füllten ein Buch von tausend Seiten.

Doch ich bin zutiefst LYRIKER, was mir existenziell absolut das Wichtigste ist.

Meine neusten Gedichte müssen und dürfen anders sein als im Liebesgedichtedurcheinander. Da eine neue Ebene zu finden, ist sehr, sehr schwer. (Ich mute mir das zu.)

Ich schrieb mein ganzes langes Leben immer wieder *Liebesgedichte*, sie gehören wohl zum Besten aus meiner Feder. ZU LIEBEN ZU LIEBEN ZU LIEBEN ist das Zackenbarsche Wesen. (Psychologisch gesehen, Polyamorie, Liebesmehrfachbeziehungen.) Was ich nicht liebe, bleibt mir gegenstandslos. Meine Liebe ist vieltausendfach aufgefächert auf vielen Ebenen und Ausformungen, traumkontinentalweit, milchstrassengalaktisch, härchenfein auf nackten Körpern, betört von Skorpionfischen, Sonnensittichen, Mozart, Joan Miró.

Mein lyrischer Kosmos ist LIEBE zu allen Geschöpfen. Der Schriftsteller in mir wettert gegen die Gesellschaft, doch das bleibt für mich marginal. Ich singe – lyrisch – vom Leben, von der Liebe, c'est tout.

Dass Dir mein Liebesgedichtedurcheinander gefällt, ist für mich ein Glück.

Die vielen Wirklichkeiten

La Divine Liturgie de Saint-Jean Chrysostome

So so viel ist zurzeit da, das mich lähmt. Ich werde mich dem stellen (doch ich bin kein Riese).

Noch geht es weiter, auf Neues hin. Letzthin war ich nicht wenig verzweifelt, ich bleibe aber biophil! LEBENSLIEBEND.

Ich hoffe, der Pfuuss geht mir nicht aus, hollahoo!

Ich kann nur mit Liebe schreiben, sonst müsste ich resignieren, habe das aber nicht im Sinn.

In Deiner «Geistdurchglühtheit» findest Du mich in meiner «Sinnesdurchglühtheit», die Unterschiede sind graduell *näher* als «gedacht».

Ich grüsse Dich ganz herzlich.

Freundschaftlich vom Bodensee ins Fürstenamt.

Dein Paul

LIEBESLUSTBERAUSCHT
die Kapillaren
der Milchstrasse
deines Bluts
VOR MIR
   NACKT
      SINGEND

Du kleidest dich
mit Plankton
mit Weissdornbeeren

mit Cellowirbeln
wir finden uns
in der Ekstase
IM SPIRALNEBELKERN
DES KUSSES

31.10.21

Lieber Ludwig

Alle paar Jahre lese ich sie wieder, die Gedichte von Johannes Kühn, «Gelehnt an Luft» und «Ich Winkelgast», sie gefallen mir sehr (ich schrieb Dir auch schon davon).

«Philosophisch» darfs in kleinen Bruchstücken auch sein, doch es muss BILD geworden sein, sonst verzichte ich. Ich will nicht reden, sondern *malen*. Surreal-Abstraktes ist unter Umständen existenzerhellender, bewusstseinserweiternder als Naturalismus, den ich überhaupt nicht mag. Da kennst Du meine Denklinien; ich glaube an keine Wirklichkeit, die unumstösslich so und so ist – es gibt unendlich viele Wirklichkeiten, Annäherungen, Verwerfendes, Traumüberstürzendes im Kern des Menschen. Der Künstler ist *frei* in der Auswahl des Gestaltens. Er muss den Trödelladen des Bekannten nicht noch mehr mit Unnützem vollstopfen. Es gilt, Grenzen niederzureissen fürs Abenteuer des Neuen.

Volle Fahrt voraus!

Ich wünsche Dir, Ludwig, ganz herzlich einen schönen Abend.

Dein Paul

Lieber Ludwig

«Die Fülle allen Seins in Mir»

Das finde ich sehr schön, wunderbar, zutreffend als Titel.

Beim Untertitel «Gloriose Inspirationen» gefällt mir «glorios» ganz und gar nicht: dieses Wort ist völlig veraltet, passt nicht ins Zeitgefühl, wird manche Leser abhalten, das Buch überhaupt aufzuschlagen. Der Mensch erlebt sich heutzutage nicht mehr glorios. (Im Buch geht es noch genügend glorios zu und her.)

Zu «glorios» gehören Gloria, Ruhm, Glanz, Herrlichkeit, Lobgesang, Halbseidengewebe, Lichtkreis, Heiligenschein, Monstranz, Strahlenkranz, ein Held wird glorifiziert, auch: ironisch gemeint grossartig.

Nun, ich weiss nicht, ob Dir die Konnotation von „glorios" bewusst ist, bekannt – das «Zwielichtige» von „glorios" ist Dir wohl entgangen in Deinem Schwung. Für Dich mag «glorios» stimmen, viele Menschen könnte das ablehnend verstimmen. Ich würde «glorios» nicht aufs Titelblatt bringen (auch wenn der Inhalt «glorios» ist).

Warum nicht einfach «Inspirationen» – ohne Adjektiv? Oder: **«Erkenntniserhellende Inspirationen»**. Oder: «Existenzerhellende Inspirationen». «Denkfunkenschwarm und Inspirationen». «Orphische Gespräche und Inspirationen». «Inspirationen von Abbild im Urbild». «Der Mensch als Ebenbild des Ichbin». «Einsichten und Inspirationen».

«Erkenntniserhellende Inspirationen» favorisiere ich.

Doch bleib seelenruhig bei «glorios» – ist als «Etikette» dieses Weins ja zutreffend.

Doch alles das nur als (Denk-)Vorschlag.

Einen lieben Gruss in deinen Abend hinein.

Paul

Wie blöd, stupid ist die Sprache der blossen Information, der Technik, der Politik, der Gesellschaft, der Wissenschaft. Ein Kehrichtsack des Abgestandenen. Mir ein Gräuel.

Volle Fahrt voraus! Ins Unbekannte, Nochnieerlebte.

Dir alles Gute und Schöne, Ludwig.

Herzlich grüsst

Paul

Morgen und übermorgen korrigiere ich Deine Texte, die ich habe, zu Ende. Du kannst mir weitere schicken, ich bin parat. Jetzt, da mein eigenes Buch steht, habe ich allergrösste Kapazität für Dich frei, bereit.

Ganz liebe Grüsse

vom Paul

Jan Garbarek, Officium

Lieber Ludwig

Marcel und ich hatten es heute sehr schön miteinander, das ist ein grosses Aufatmen, wofür ich tief dankbar bin. Das Foto von Marcel habe ich heute gemacht.

2.11.21

Lieber Ludwig

Ich hatte eine illuminierte Stunde – die Gedichte sind nun fertig! Ich schicke Dir die gültige Word-Datei.

Meine Gedichtsplitter kennen das Verb bald nicht mehr, tolle Sache das!

Der *Geist* kann nur schöpferisch sein und er ist es eminent in der Zuwendung zu den Geschöpfen. (Die Heidelbeere ist auch ein Geschöpf.)

ICH BRENNE!

Gestern Nacht telefonierte mir Marco, lange, lange. Er ist für mich ein Schatz. Ein Mensch voll innerer Schönheiten, mit einem Herz wie ein Juwel. Ich bin so glücklich, dass er mein Freund ist, ich sein Freund sein darf. Er ist geradlinig klar. Er durchschaut. Da fühle ich mich getragen von ihm.

Er kennt inzwischen meine oftmals sehr schwierige Art mit Marcel recht gut. Er ist kein bisschen gegen Marcel, meint aber konsequent, ich müsse mehr Grenzen setzen, um nicht kaputt zu gehen. Er kann sehr drastisch, anschaulich direkt formulieren, was gut ist. Er wiederholte, bring doch einmal Marcel mit.

Du fragtest, wer das sei, wenn ich schreibe «**du** / im Fischauge / im Quirlblättrigen Weisswurz / in der Helligkeit Cygnis / IM NAMENLOSEN»

Seit Jahrzehnten kommt in meinen Gedichten pausenlos ein «Du» vor, da rätselten schon manche Leser, wer das sei. Ich verrate natürlich absichtlich nicht mehr ... Das «Du» bin ich, ist ein Vis-à-vis-Abstractum, ist Gott, ist das Nichts, ist ein geliebter Mensch (was bei mir im stetigen Wechsel verbunden ist), ist die Natur, das Weltall – das «Du» ist eine schier unendliche Variable, ist die Schönheit, ist die Lust, ist ein Gebet, ist einfach vieles, vieles, teils sehr konkret, bald diffus. Ein dialogisches «Prinzip», das tief in mir steckt. Es ist eine existenzielle Ansprechbarkeit, ein Bedürfnis zu einem Du, erlebt oder fiktional. Fern einer Einsamkeit, verbunden mit *allem*. Das Du ist eine Implikation, ein Einbezogensein in eine Beziehung, erlebt, ersehnt. In diesem kalten, neutralen Weltall einen «Ansprechpartner» zu haben – einen Menschen, einen Fisch, einen Vogel, einen Stern – ist etwas vom Schönsten, was es für mich gibt.

Ich sage
du Labyrinthfisch
du Seeelefant
du Licht

du Elfenkauz
du Rauschbeere
du Geliebte
du Geliebter
du Quasar
du Ich
du Nacht
du Traum
du Musik
usw.

All das steckt in meinen «Du».

Das hat wohl bis jetzt noch niemand bei mir entdeckt.

Meine Gedichte sind ein *diálogos*. Sie zielen niemals ins Luftleere, sondern sind immer bezogen auf etwas, auf jemanden. Anders könnte ich nicht leben, überleben. Die Lyrik ist die Kunst, dies offen zu lassen. Im Gedicht darf man nicht zu viel sagen.

Oft weiss ich selber nicht, wen oder was ich mit «Du» meine, doch das ist unbedeutend, das Grössere in mir weiss es schon, will sich aber nicht verraten ... Ich halte vertrauend zum «Du» in allen Lagen.

Ich skizzierte hier einige Gedanken, die Du wohl noch nie vernommen hast, da sie welteinmalig sind; mehr zu sagen, scheue ich. Gewiss ist, ohne das «Du» gäbe es meine Gedichte nicht. Das «Du» ist das konstitutive Element meines Schreibens. (In einer Beziehungslosigkeit würde ich kein Wort schreiben.)

Das DU ist die existenzsichernde Beziehung, ohne die jede Kunst gegenstandslos würde. Dieses Du kann sich überall finden, im Geist, in der Täuschung, in Gott, in einem Lippfisch, in einem Delirium, in der untergehenden Sonne, in der Lust, in einem Mozartstreichquartett, in einem Bild, im Schmerz, im Leid, in einer Träne, in der Schönheit einer Hüfte, in der Freude, in einem Tanz. Und natürlich vor allem in einem Menschen mit seinem ganzen individuellen Sein, mit seinem Lächeln.

Lieber Ludwig, ich grüsse Dich ganz herzlich, mit meinem ganzen Sein.

Dein Paul

Gestern telefonierte mir Marco, wir hatten ein sehr langes Gespräch. Er kann sehr gut reden, einfühlsam, überraschende Stellungnahmen einbringend. Er ist weltoffen, wortoffen, beziehungsoffen: einfach herrlich! Er ist tief menschenliebend, freut sich jeden Tag aufs Leben. Mir tut das gut. Er sieht stets auch das «Dahinterliegende». Ist menschlich engagiert aufs Zeitaktuelle, ohne oberflächlich zu werden. Sein Herz ist wirklich ein JUWEL, so einmalig. Ich bin glücklich, dass Marco und ich Freunde sein dürfen.

Und jetzt will ich schauen, ob ich in den Sphären oder sonstwo ein neues Gedicht finde.

Liebe Grüsse

Paul

Hier zwei flockenleichten Prosaminiaturen:

Seltsam

Es war alles sehr seltsam, merkwürdig, als du bei mir warst, ich habe nicht gedacht, dass du kommen würdest, ich war nicht vorbereitet, obwohl ich seit langem dachte, dass es eine Notwendigkeit werden könnte, uns zu treffen, vielleicht bei dir oder irgendwo vielleicht, was noch abzumachen der Fall gewesen sein müsste, doch diesen Fall gab es nicht, oder wenn es ihn gegeben haben sollte, habe ich ihn vergessen vielleicht, was aber keinesfalls beunruhigend gewesen wäre, denn ich kann unmöglich alles im Kopf behalten, dafür bin ich nicht geschaffen, ich lebe von vielem abweichend, vielleicht, schön, dass ich mir nicht im Klaren bin, ich weiss nicht, was Eindeutiges ist, ich liebe, was nicht erforscht ist, ich verliere gern die Zeit, obwohl es irgendwo tickt, was mir einerlei ist, sich von etwas behaften zu lassen, fällt mir nicht ein, da sehe ich keinen Grund, Ursachen verstehe ich nicht, das hat nichts mit meinem Unwissen zu tun, Erklärungen taugen sowieso nichts, weil alles immer anders ist, doch ich kann nicht abstreiten, dass du jetzt bei mir bist und wir uns sehen, was fantastisch zu nennen ist.

Das Béret

Ich setzte mir das Béret auf, ich wollte ausgehen, wohin, wusste ich nicht, was aber auch keine Rolle zu spielen hat, ein Ziel zu haben ist überflüssig, was aber nicht mit Ziellosigkeit verwechselt werden darf, es ging vielleicht einfach darum, ein paar Schritte zu machen, Ortlosigkeit auszuprobieren, allein mit sich selbst, als hätte dies Sinn, den es nicht gab, man tut ja manchmal *als ob,* ich finde das gar nicht sehr dumm, kapriziös zu sein ist keine schlechte Art, ein paar Schritte zu machen, irgendwohin, vielleicht weil es gerade Nacht ist oder man das Béret bereits aufgesetzt hat, wer will das schon wissen.   pg

16.9.21

Lieber Ludwig

Ich lese wiederum die «Briefe 1873 – 1939» von Sigmund Freud (Erstlesung Mai 1972): herrlich! Freuds metapsychologischen Schriften «Das Ich und das Es» knöpfe ich mir auch wieder vor.

Die Gedichtspannweite ist gross: chinesische Liebesgedichte aus drei Jahrtausenden bis hin zu Rainer Malkowski (geboren 1939 in Berlin). Ich mag die grossen Dimensionen.

Lieber Ludwig

Eigentlich ist die Fülle Deines Wortstroms, der Bilder, der Belehrungen, der Einfühlsamkeit, des Besserwissens, der Aufmunterung, des Stets-alle-Lebensprobleme-bereits-Gelösthabens (diese Kombination könnte von Dir sein), der Ratschläge, des Wege-Weisens und Wege-Einengendem nicht fassbar. Du anerkennst nur Deine Sicht und Ansicht für gültig, richtig. Da liegt eine Schwierigkeit für die Rezeption – für die Aufnahme,

Übernahme fremden Gedankenguts, Wahrnehmen und verstehendes Aufnehmen eines Kunstswerks durch den Betrachter, Leser oder Hörer zum Beispiel können nur in Freiheit individuell sein. Das Kunstwerk erträgt keine strikte Vorschrift, wie etwas zu verstehen, zu interpretieren sei, einfürallemal und für alle.

Das kann mir zuweilen schon etwas Unbehagen bereiten, wenn Du die (Glaubens-)Tarife durchgibst, dass nur das zählt, was Du vorzählst.

Etwas vom Grössten in der Menschheitsgeschichte, das nie altern, veraltern wird, das immer gültig bleiben wird, ist:

ERKENNE DICH SELBST !

Sich selbst in sich selbst erkennen, durch sich selbst – und nicht durch die Erkenntnis, die ein anderer Mensch für sich gemacht hat. Die Erkenntnis eines Dritten ist mir im Grunde recht egal, geht mich kaum etwas an. Und ob ein anderer Mensch, ein Dritter erkennt oder nicht, ist mir recht gleichgültig. Da nehme ich eine polyperspektivische philosophische Position ein.

Buddha, Jesus sind grossartigste Menschen, doch für mich keine letztgültige Instanz im „Erkenne dich selbst". Das „Erkenne dich selbst" muss jeder Mensch für sich in seiner Zeit finden; unsere Zeit muss ihre eignen individuellen „Erkenne dich selbst"-Antworten finden, sonst blieben sie plakativ historisch, belanglos.

Du nimmst durch Dein Naturell, durch Dein Denken, durch Deine Erfahrung, den „geistigen Eros", menschheitserzieherisch zu wirken, um es gewagt einmal so zu sagen, eine andere Position ein, die des

GLAUBENS, was sehr respektabel, überzeugend, beeindruckend ist.

Für einen Menschen wie mich, der ein derart grosses Freiheitsbedürfnis hat, ist GLAUBENSSACHE nicht seine Sache, da sind mir die künstlerischen stets sich verwandelnden und widersprechenden Gedanken-Saltimbanques existenziell fürs eigne Michselbsterkennen.

Eine Hand zu halten in honorem des Weltalls, eine Laus in den Pelz der Milchstrasse setzen, einen Breitflossenkärpfling besingen, in der Wurzel des Kelchsteinkrauts träumen, in der Lyrik ist alles offen. Ich werde mich weiterhin auf diese Offenheit hin zubewegen.

BEKANNTES (was schon gesagt worden ist, langweilt mich).

Der Geist ist sinnlich (sonst ist er Pauspapier des Belanglosen, für mich nicht interessant).

„Erkenne dich selbst" ist immer personal, kann nie allgemein sein. Die Antworten auf „Erkenne dich selbst" müssen modern sein, dürfen nicht unters Reflexionsniveau der Zeit gehen, sonst wären sie für die Gerümpelkammer des Denkens. Altes muss NEU pulsieren.

Weisheit (was das auch wäre) muss neu in die Gegenwart transponiert, transformiert werden, sonst wäre sie bloss grünspanbelegte, verrostete Unwichtigkeit. Geschichtliches hat für den gegenwärtigen Lustlebensaugenblick keine Bedeutung. (Dass man da berechtigt anders denken kann, ist mir klar.) ((Doch ich denke, was *ich* denken will.))

Frédéric Chopin, Impromptus

Der Mensch kann nur ICH-werden, das WIR ist Täuschung.

Hohes Bewusstsein ist ICH-geriffelt. Unabhängig!

Dein neues Buch, Ludwig, wird ein grosses Buch! Das freut mich riesig mit Dir.

Ganz herzlich grüsst Dein

Paul

Jetzt höre ich Johann Nepomuk Hummels Messe op. 80.

Im Traum
hab ich
den *Berg der sieben Stufen*
erklommen

22.8.21

Lieber Ludwig

Deine ersten zehn Diktate, die Du mir schicktest, haben – alles in allem – an Klarheit der Gedanken und der Sprache zugenommen, das vermerkte ich aufatmend. Es gibt immer noch verblüffende Unerwartetheiten im Wortbildhaften, doch das gehört auch zu Deinem typisch Besten! Du entwirfst wiederum aus Deinem Glaubensweltbild einen Kosmos, darauf angelegt, den

143

Menschen mehr Erkennen zu schenken. Diese Geist-
erzieherische Absicht ist sehr respektabel.

Die Basis des Sprachtechnischen ist viel besser
geworden, ich gratuliere.

28.12.21

Regentränen:// :Tränenregen
                es ist
     wie hinter dem Vorhang
       :: der Täuschungen
          KURZSCHRITTIG
pastoral für Schalmeien und Oboen
          / *sakral*
in der Lustpassion
nachts um zwei

Gestern Nacht war ich depressiv, hörte russische
Mönchsgesänge – da kam ein sooo liebes SMS von
Marco.

Lieber Marco

Wie schön, dich heute getroffen zu haben. Du bist für
mich immer ein FEST.

Ich bin seit Jahrzehnten ein Liebesgedichteschreiber,
LIEBESGEDICHTE gehören zu meinem Leben.

Mundanmund
geschlechtangeschlecht
staubinstaub
im Weltall

Heute Nacht höre ich Rossini, trinke ein Rotweinchen, rauche meine harlekinesken Pfeifen, und, wer weiss, vielleicht fliegt mir sogar ein Gedicht zu.

Ich litt viele Wochen. Sehe aber auch, dass das ganze Leben ein Zirkus ist, den man gar nicht so ernst nehmen müsste. Ein bisschen Akrobatik, ein bisschen Tingeltangelmusik – und alles vorbei!

Ist doch auch was!

P.

Lieber Marco

Soeben habe ich in dieser Nacht ein «./eulen::äugiges» Gedicht in **«Milchstrassenstaub das unbekannte Zeitmass»** geschrieben, das ich dir, Freund, widme (und ins neue Buch aufnehmen werde).) Hoffentlich freut dich das.

Komm
   : wir treffen uns
  im *wissenden*
    Fisch://
    AUGE
   im weiten Ozean
  im empfindsamen Seelen::Leben

der Pflanzen
in den Sinnes
        ./zellen
    /:: der Sterne
ÜBERALL DORT
    WO/
        L I E B E
        :S:I:N:G:T

Für Marco

Vielleicht reibst du dir jetzt vor Verwunderung die Augen? Es ist einfach ein Gedicht aus dem Zackenbarschherzen, ins Herz des Handwerkskünstlers und meines Freundes MARCO gelegt.

Ich umarme dich herzlich.

Dein Paul

Notizen zu «Tonleiter des Horizonts»:

Gedichte zu schreiben ist für mich ein geliebter Weg zwischen Wirrnissen, Irrnissen, Täuschungen und Erfüllungen. Wortbilder zu malen, zu singen und zu tanzen mit Teufelsrochen und Sternbildern, zu träumen vom Ineins von allem – im Schnittpunkt des Augenblicks.

Das Gedankenlastige werfe ich vergnügt über Bord, mir werden Mikroben zu Galaxien (und umgekehrt).

Ich liebe die Töne der Ferne.

146

Das Sternbild Rabe, südlich der Jungfrau, lebt nicht nur «am Himmel», sondern pulst in meinem Blut, in den Augen eines geliebten Menschen. Ich zittere vor Freude, wenn ich an die Träume einer Gelbbauchunke denke.

Nur was niemand ausser mir zu sagen fähig ist, lohnt sich aufzuschreiben. Es gilt, neue Wirklichkeiten zu gestalten.

Auch das kleinste gespinstfeine Gedicht muss eine innere Dimension haben wie ein ganzer Kontinent. Unheimliche Verschattungen raunen, wunderbare Heiterkeiten flammen auf.

Im Gedicht setzt das Universum Segel. Unbekannte Akkorde klingen auf.

Wenn ich schreibe, weiss ich nicht, wohin die Fahrt geht, doch der Aufbruch in Unbekanntes ist existenziell, herrlich.

Gedichte sind neue Wirklichkeiten. Diese aufzufinden, dafür schreibe ich.

Ich will mein lyrisches Alterswerk sprachlich wie inhaltlich neu einfärben, formen, gestalten; //: «wie gehabt» :// zu schreiben toleriere ich für mich nicht. Auf in neue FERNEN, die erstaunlich nahe sind! Krrrrch! Ich liebe Durchbrüche, das Feuer im Dach, die A-fresco-Malerei der Träume, die geschmeidige Bewegtheit, das grosse überraschende Ensemble des Geists und der Sinne, den Forschungszweig der Seele. Das Bekannte langweilt mich enorm, da gibt es eben nur eines: Unbekanntes zusammenzufügen, Zusammenhänge zu wagen. ZU SEHEN!

Das hier einfach brieflich als flüchtige Notiz tappend hingetippt zu haben. Uff.

Salü

Paul der Zackenbarsch

Du bist DER Philosoph des Seins, redest auf Tausenden Seiten im Namen Gottes, da kann ich nur echt, existenziell staunen. Du überzeugst. Als Glaubenseifriger bist Du auch etwas intolerant, wenn jemand anders als Du denkst. Abweichungen von Deinem Denken tolerierst Du nicht. Das ist für mich etwas schwierig. Ich anerkenne viele Perspektivenpositionen.

Und dass in der Evolution alles auf DEN GEIST hin sich entwickelt, ist eine Weltsicht, die ich nicht teile. Eine Felsenklapperschlange, ein Labyrinthfisch können mir mehr bedeuten als ein korrupter Mensch. Die Anthroposophie (von Rudolf Steiner) ist meine Sache niemals, man versteht Natur, Geist und menschliche Entwicklung nur, in dem man jedes Lebewesen derart belässt, wie es geschaffen wurde. Auch der Mensch muss nicht Geist werden, sondern MENSCH. Und Mensch beinhaltet ein riesenhaftes Konglomerat an Divergenz, ein Hinwenden an den Geist UND an die Sinnlichkeit.

Kunst ist niemals NUR Geist, sondern immer auch «Sinnenschönheit», wie bei van Gogh.

Ich frage mich, Ludwig, was bei Dir biografisch geschehen ist, dass Du alles auf die **«Geist»**-Karte setzt. Ein SEIN ohne die Riffelungen des Windes, die Meerwellen, des Gaumenkitzels, der Erotik, der elementaren Lust. Mir ist längst aufgefallen: ein

LACHEN gibt es in Deinen Büchern nicht. Warum? Es ist alles todernst in Deinen Erbaulichkeiten, in Deinen Belehrungen zum höhern Sein. «Höher» von welchem Bezugspunkt aus?

Deine Bücher sind für mich wichtig, ich bewundere Deine Unermüdlichkeit. Deine Bücher könnten von niemandem anderem geschrieben sein wie von Dir, auch wenn Du anderes glaubst. Du siehst Dich als Sekretär des Seins, das ist schön gesagt, auch wenn nicht ganz nachvollziehbar. Du bist ein Botschafter Gottes, eigentlich schon selbst Gott, wie Du redest. Pardon, da bleibe ich in Reserve.

Wie es auch sei oder nicht, ich bewundere Dich. Du deklarierst Dich einwandfrei. Das ist gut. Bei Dir weiss man immer, woran man ist.

Auch ein Gott kann bei mir niemals wie ein Vormund auftreten. Ich entscheide in allen Fällen selbst. Du weisst immer in allen Fällen besser, was dem Menschen gut tut, das mag ich nicht. (Das hat mit Deinem Absolutheitsdenken aus dem 18. Jahrhundert zu tun.)

Du führst dieses Denken nochmals auf einen Höhepunkt, das ist schon imponierend.

Es gibt D I E Wahrheit nicht, sondern nur *Wahrheiten* in tausend Brechungen. Erspähungen, Heronymen, im Präglazialen, Fässerabfüllen des faunsgesichtigen Seins, im Inflammabeln der Nacht. Okkludierend. Wacholderbaumbuschig. Wesenbegrifflich. Empedokleisch an Pausanias.

Ha!

Die Welt ist rund – und OFFEN für alles. Beschränkungen zählen nicht. Das ist doch so toll.

Wie geht es Dir gesundheitlich, lieber Ludwig? Teile Dich mir freundschaftlich offen mit, ich bitte Dich darum.

Herzlich grüsst

Dein Paul der alte Zackenbarsch

Ich war am Donnerstag eine Stunde lang unterm Chirurgenmesser, es war alles doch nicht so harmlos, wie mir suggeriert wurde (ich wusste das natürlich). Es war auf dem Rücken ein Geschwür eines weissen Hautkrebses, wurde mir gesagt; die Laborberichte werden kommen – und dann kann es anders tönen.

Danach erholte ich mich mit Mozart, Wein, Pfeife, Gedichte von Pablo Neruda lesend, an Marco denkend. (Gedichte schrieb ich seit zwei Wochen nur ganz wenige.)

Sagte ich es schon?: Marco ist ein «Erdgeist», ich bin ein «Luftgeist» (wie eine Libelle).

Jetzt lese ich wiederum Paul Léautauds Roman «Der kleine Freund oder Leichtfertige Erinnerungen». Ich bin sehr, sehr entzückt. Auf der Buchrückseite steht: «Paul Léautaud, Liebhaber des Frivolen und Koketten, schrieb in seinem Debutroman über die Pariser Halbwelt der Theaterleute, kleinen Gauner und immer wieder über Prostituierte, seine Freundinnen.» Ich mag dieses Buch sehr, EIN FEST.

TAGEBÜCHER und BRIEFE sind oftmals das Beste in der Literatur, denkt der Zackenbarsch.

Tagebücher von Henri Frédéric Amiel, Friedrich Hebbel, Franz Kafka, Anais Nin, Julien Green, André Gide, (jene von Thomas Mann kenne ich nicht, jene von Max Frisch auch nicht), Jean-Paul Sartre, Jules Renard, Edmond & Jules de Goncourt, F. M. Dostojewski, Charles Baudelaire, Heimito von Doderer, Robert Musil, Simone Weil, Thomas Merton, Lord Byron, Theodor Fontane, Georges Simenon – um nur jene zu nennen, die mir zuerst und spontan einfielen und die für mich einen grossen Stellenwert haben (ich strebte im Aufzählen keine Vollständigkeit an). Auch J. R. von Salis` «Notizen eines Müssiggängers» sind Tagebücher. Und auch Jean Genets «Tagebuch eines Diebes» dürfte da figurieren.

Ich zähle jetzt die Briefschreiber nicht auf, die ich las, es ginge in viele Dutzende (besonders Henry Miller, Boris Pasternak, Flaubert, George Sand und viele, viele, sehr viele andere)!

Grosse Literatur kann nur *autobiografisch* sein, sonst ist sie in Gefahr, Werbetexte für eine irgendwelche gesellschaftliche Dummheit zu sein.

Mich in vielem irren zu können, gefällt mir sehr. Doch ich irre mich nicht in der Liebe …

**Johann Rosenmüller, Sacri Concerti
(Psalmen, Magnifikat, Gloria)**

Zum Inhalt Deines neuen Buchs kann ich nur sagen: nochmals ein potenzierter Weibel, sehr gut. Mit dem Geist gibt es vielfach nichts zu begreifen, doch die Seele schwingt nachvollziehend mit, manchmal beglückt, dann wieder einfach staunend, dass das *so* möglich ist. Alles in allem sehe ich bis jetzt, dass alles noch koordinierter in sich stimmig ist, konzis und gleichzeitig wunderschön arabeskenhaft in den vielen Variationen Deines Seinsgewebes. Ich bin sehr beeindruckt.

Wenn ich Dein esoterisches Riesenwerk überblicke (als ob das möglich wäre!), wird mein Staunen grenzenlos. Deine «Diktate» sind nicht zu interpretieren, da bist Du wie ein erratischer Felsblock, unerklärbar, wie er dahinkam, wo er jetzt ist ...

Dazu gesellen sich Deine vielhundert Pendel-bildergrafiken, die, es könnte ja sein, noch mehr Weltgeltung beanspruchen dürfen, so denke ich manchmal.

Du bist ein Phänomen, Welt und Mensch, Dasein und Geist erhellend, absolut bewunderungswürdig, er-staunlich, einzigartig. Du nimmst die Erschei-nungsformen des Menschen nur im Hinblick auf eine grössere Seins-«Wahrheit» an. Und das alles – mindestens für mich – mit einer FANTASIE, die mich beglückt.

Der Reichtum der FANTASIE – wie in den Sinfonien Mozarts – ist für mich in der Kunst und im Denken das Hauptagens, die wirkende Weltalldimension, die grosse Immanenz schlechthin, das libellenähnliche Inne-wohnende des Grenzenlosen.

Lieber Lu, ich wünsche Dir ganz herzlich ein gutes Wochenende, hoffentlich mir mehr Wärme, mehr Sonne als in den letzten blamablen «Sommer»-Tagen.

Herzlich, lieb grüsst Dein Paul

Zurzeit arbeitet, rumort mein innerer schöpferischer lyrischer Geist (oder was auch immer) bereits in andern Welten, die wiederum ganz anders als der «Milchstrassenstaub» wird; eher wortkarge «Sentenzen» in der Balance von geistiger Erkenntnis und im Sinnbezirk der Schöpfung, der Geschöpfe. Das *geistige* «Leitgewebe» ist mir nur im Weinglas von Dionysos lyrisch von Belang. In diesem existenziellen Balanceakt der Liebe bin ich zu finden.

Ich SINGE den Menschen, den Leib und den Geist des Menschen, Fische und Lurche, Kriechtiere und Vögel. «Und Gott sah alles, was er gemacht hatte, und siehe es war sehr gut.» (Genesis 1, 31)

Da liegt keine Religion mit ihren Dogmen und «Autoritäten» auf meiner Lebenslinie. Es ist so herrlich, F R E I zu sein in den Gedanken, in den Liebeszuneigungen, in den Verwerfungen. Weshalb sollte ein Mensch *ausserhalb* von mir sich einzubilden bemüssigt fühlen, zu sagen, was für mich «richtig» und «falsch» ist – mein Lebensziel setze ich mir selbst. Das ganze Leben ist IN MIR. Was «ausserhalb» von mir sich auftürmt, begutachte ich – und akzeptiere es oder lehne es ab. Voilà. Da frage ich niemanden, ausser mich selbst.

Ich höre Verdi, «Attila». Diese Oper schäumt mich auf. Lieber Ludwig

Dass mir meine Gedichtelchen immer wieder zu Liebesgedichten finden, kann und will ich einfach nicht verhindern. Ich bin **d e r** Liebeslyriker, das ist mal halt so. Mein Leben ist nicht denkbar ohne Liebe. Zählt Liebe nicht mehr als Geist?

LIEBESLEBEN
LIEBESGEIST
LIEBESGOTT
LIEBESSEIN
  D U

«Moral», die nicht liebestrunken ist, ist Firlefanz,
Papierschlangengirlanden, interessiert mich nicht.
Das Backbordlicht meines Lebens heisst immer LIEBE.
(Davon singt meine beste Lyrik.) In der Kalligrafie der
Lust. In den Illuminationen des Universums. In den
Wunderlichkeiten des Nebels über dem zerstäubten
Wasser des Meers, des Traums.

Paul

Wir wussten
beide nicht
was wir wollten
deshalb sahen wir
keinen Grund
mit der Umarmung
aufzuhören

Voller Energie
schlugst du
die Kesselpauke
ich entschied mich
weiterhin
in der Orchideenblüte
zu träumen

Lieber Ludwig

Ich liebe Natsume Sôseki sehr! («Kokoro», «Ich der Kater».) Jetzt lese ich seinen Künstlerroman «Kusamakura» nochmals, unter dem Titel «Das Graskissen-Buch» deutsch publiziert. Erzählt wird die Geschichte eines Malers, «der dem hektischen Leben in der Grossstadt entflieht, um sich in unberührter Natur Reflexionen über das Schöne, die Kunst und sein Malen hinzugeben. Dabei begegnet er Onami, einer geheimnisvollen, betörenden jungen Frau ...» (ich folgte dem Text auf dem Buchrücken). Ein Buch, das mich sehr ergreift.

Lieber Ludwig

Ich höre Belcanto (Rossini, «Bianca e Faliero»), rauche meine Plinius`sche Pfeife, trinke einen Rotwein, saftig, würzig, weich und rund mit Erdbeer-, Waldbeeren- und Kirschenaromen, wunderbar süsslich und *elyseisch* – ich glaube, Du runzelst nun die Stirn nicht, wenn ich «elyseisch» auf ein Weinchen beziehe, schmunzelst einfach, ja? Du kennst ja den Zackenbarschlyriker.

Hast Du auch Momente, wo Du entspannt genussvoll lebst? (Etwas fern vom Geist.) s`Läbe umfasst halt auch solche Herrlichkeiten, sage ich. Wein, Musik, Dichtung, Malerei, Pfeifenräuchelndes, Beinhochlagerndes für mich.

Das ist gar nicht so «Geist-fern». Der Geist meint es gut für den Menschen, und der Mensch besteht nicht nur aus Gedanken ..., sondern auch aus Gefühl, Wohlbefinden, Mitsichimeinklangsein. Der Göttin Aphrodite huldigend.

Gott hasst uns Menschen nicht, er lässt uns leben, so wie wir sind, wie er nicht verhindern konnte, dass wir seien, wie es nun der Fall ist.

(Das ist doch auch *eine* Erkenntnis, auch wenn es andere geben darf.)

Anstatt «philosophisch» radezubrechen, ist es entzückender, überzeugenderer, Gedichte wie Mücken schwirrlen zu lassen.

Ich wünsche Dir eine gute Nacht.

Härzligg! Paul

10.1.22

Mit dem Heissluftballon
ins Meer eintauchen
zur Verwunderung
der Fische

Aah, ich liebe es innig, mit dem Zirkelschlag der Lyrik Impressionen einzufärben, in den Hämoblast einzutauchen, im Ladogasee die Füsse zu baden, auf dem Atoll Funafuti auf der Insel Tuvalu im Pazifischen Ozean ein Liedchen zu singen – die Freiheit des Gestaltens ist grenzenlos, sofern man allen konventionellen Mist, der bis zum Überdruss Tausende Male wiederholt und wiederholt wird, über Bord geworfen hat. Die Welt der Kunst ist noch kein bisschen vermessen, es ist alles offen, man muss nur die Augen für all die Herrlichkeiten, die sich um uns entfalten und in uns pulsieren, öffnen.

Mit der Harfe
denken

Auch wenn ich Maler wäre
Bildhauer Komponist
bliebe ich Lyriker

Paul Gisi

- **«Fulminantes Weltverständnis»**
  Briefe an Ludwig, erstes Buch

- **«Eruptive Gisiaden»**
  Briefe an Ludwig, zweites Buch

- **«Quasare tanzen wie Fliegende Fische»**
  Briefe an Ludwig, drittes Buch

- **«Zackenbarschiaden»**
  Briefe an Ludwig, viertes Buch

www.zackenbarsch.ch